Séisme

CARPENTIER Lison

Séisme

Roman

© 2024 Lison CARPENTIER

Édition : BoD – Books on Demand, info@bod.fr

Impression : BoD – Books on Demand, In de Tarpen 42, Norderstedt (Allemagne)

Impression à la demande

ISBN : 978-2-3225-0671-2
Dépôt légal : Février 2024

A mes filles, Charlotte et Camille.

Ce matin là, peu avant neuf heures, la ville semble s'être assoupie telle une femme lascive sur un tableau de Gauguin. Elle en porte les courbes tracées à l'encre flamboyante des toitures ondulantes sous les rayons d'un soleil déjà ardent, accompagnant les méandres nonchalants du cours d'eau voisin. La vague de chaleur interminable l'enveloppe dans une indolente rêverie, une bulle où tout semble en apesanteur, comme une parenthèse d'inertie au cœur de l'été.

Les habitants se calfeutrent derrière leurs volets clos, s'isolent du monde alentour et attendent, amorphes, les prémices d'une atmosphère plus respirable. La chaleur, comme un mur invisible, affecte les échanges, dissout les liens, prohibe les contacts.

Quelques commerces du centre-ville ferment leurs portes en raison de la canicule qui frappe le pays depuis maintenant plusieurs semaines. Certains, comme le boulanger, ouvrent de façon exceptionnelle uniquement le matin. La compagnie d'assurance, quant à elle, reste ouverte la journée complète: le bâtiment correctement climatisé peut recevoir la clientèle et ses quatre employés dans des conditions enviables.

Lucie gare sa voiture à l'arrière de l'agence, sur le parking strictement réservé au personnel. Quatre places, pas une de plus, coincées entre le local électrique et les poubelles. Ce matin là, il ne lui reste que l'emplacement du fond où toute manœuvre étant impossible, elle sera obligée de ressortir en marche arrière. Un exercice habituellement redoutable aux heures de pointe en raison de l'affluence piétonnière dans cette rue très passante du centre-ville. Dans cette agence, la place de parking est une motivation en soi pour arriver tôt au travail.

Même à cette heure matinale, la chaleur l'accable au sortir de la voiture climatisée. Lucie franchit à huit heures quarante la porte d'entrée, au pas de course, avec un retard de dix minutes.

Les coups d'œil furtifs que lui jettent ses collègues lors de son bref salut, l'un lointain pour Roberto, l'autre teinté d'ironie pour Marie, lui procurent le sentiment d'être une petite souris qui se faufile pour ne pas être remarquée. La porte fermée du responsable de service est le signe que celui-ci est déjà au téléphone. Lucie espère qu'il n'a pas prêté attention à son retard : elle n'a pas besoin, aujourd'hui plus encore que d'habitude, d'endurer un sermon...

Chaque jour, on se doit d'arriver trente minutes avant les premiers clients. Ce qui laisse le temps de saluer les collègues, de discuter de la circulation matinale ou des dernières informations, ou encore de classer les dossiers de la veille et de préparer les rendez-vous de la demi-journée. On laisse la vie de famille et ses aléas sur le seuil de l'agence et on affiche une mine avenante, professionnelle et charitable pour que le bon client le soit encore pour les mois et les années à venir. C'est en tout cas les termes du contrat oral énoncé et répété à foison par Patrick Merisier, le responsable de l'agence. Dans le secteur de l'assurance, pas de faux pas possible, on se doit d' « *assurer* ».

Lucie n'a pas fermé l'œil de la nuit.

La chaleur exécrable gorgeait la sous-pente qui leur tient lieu de chambre, transformant son sommeil en un flot épuisant de pensées versatiles. L'échange qu'ils avaient eu la veille avec le pédopsychiatre de Tom lui revenait sans cesse en tête. Le constat est établi : leur fils est atteint d'un trouble sévère de l'hyperactivité. Reconnaître qu'il s'agit d'une maladie la soulage un peu. A la suite de plusieurs entretiens, alliant analyses comportementales tant à la maison qu'à l'école et témoignages de leur entourage, le médecin avait conclu à ce diagnostic. Le terme d'hyperactivité n'était pas utilisé à la légère : quelqu'un reconnaissait enfin que Tom n'était pas seulement un enfant turbulent, qui « pose problème », mais un être en souffrance qui se met en danger et peut aussi nuire à la sécurité d'autrui.

Les yeux grands ouverts dans la pénombre de sa chambre, Lucie avait imaginé ce qu'allait être leur vie dorénavant. Si l'aide que leur apporterait le monde médical s'annonçait bénéfique, le nombre d'heures consacrées aux rendez-vous chez les spécialistes serait conséquent. Le pédopsychiatre leur avait annoncé que Tom devait être suivi par un psychothérapeute. A ces entrevues seraient associés des entretiens familiaux, des séances d'orthophoniste et de psychomotricité...

Jusqu'ici ils avaient géré le comportement de Tom comme ils l'avaient pu, et il faut bien le reconnaître, certainement pas de la meilleure façon. Ils s'étaient trouvés plus d'une fois complètement dépourvus face au comportement excessif de leur fils. Alors on s'énerve, on crie, on punit. Et bien évidemment, cela n'avait fait qu'aggraver les choses.

La directrice de l'école, bien que compréhensive, s'était montrée claire : il allait être très difficile de terminer l'année de CP avec Tom qui n'arrivait pas à suivre le cours et perturbait la classe. Elle leur avait suggéré de se renseigner auprès d'un établissement spécialisé qui pourrait accueillir leur fils dans de bonnes conditions. Lucie songeait avec amertume qu'à Ferrière-La-Ville, cité de quatre mille habitants, on pouvait s'estimer heureux d'avoir deux écoles primaires ainsi qu'un collège et un lycée. Pour trouver le reste, dont ce genre d'établissement spécialisé, il fallait faire les trente bornes jusqu'à Évry.

Cyril travaillant à l'opposé dans une entreprise de plasturgie, Lucie avait pris conscience que si son fils était placé en établissement spécialisé, la tâche de conduire Tom à Évry lui reviendrait assurément. Il lui faudrait une heure trente de trajet aller-retour matin et soir au vue de la circulation aux heures de pointe, avant de prendre son poste chez Cap Vie Assurances à huit heures trente. Sans compter Mila qu'elle devait déposer à la crèche qui n'ouvrait pas avant sept heures trente. Hormis ce problème d'horaires impossibles, cette situation aurait un coût qu'ils pourraient difficilement assumer avec les prêts en cours pour la maison et leurs deux voitures…

Chacun des ronflements de Cyril prouvait à Lucie qu'il n'avait pas pris la mesure de leur situation. Elle songeait avec amertume que la vie de son mari changerait peu, moins que la sienne en tout cas. Il quittait en général son travail bien après dix-huit heures trente, de ce fait elle assumerait probablement seule les rendez-vous de Tom chez les spécialistes. Peut-être concéderait-il à se libérer plus tôt un soir par semaine ? Mais comment pourrait-elle lui en vouloir, lui qui avait un poste de cadre, gagnait bien plus qu'elle, et avait tant de responsabilités professionnelles...

- Et bien, Lucie, on a eu une petite panne d'oreiller ?

Marie se penche dans l'encablure de porte. Le photocopieur commun est placé juste devant le bureau de Lucie. Si Roberto s'y affaire en général sans que l'on remarque sa présence, Marie ne cesse d'y faire l'aller-retour, martelant le carrelage de ses talons pointus, lâchant au passage à Lucie une de ses petites piques dont elle est coutumière: « *on a le teint brouillé ce matin* », « *on s'est habillée comme un canari aujourd'hui* », ou « *on a la tête des mauvais jours : on s'est encore laissée martyriser par le petit Tom* »...

Lucie sait rester impassible face à ce genre de réflexion railleuse et, à défaut de répondre, garde en toute bonne conscience son énergie pour sa vie personnelle.

En guise de panne d'oreiller, son fils les avait réveillés, comme souvent, vers les cinq heures du matin, alors qu'elle venait à peine de trouver le sommeil. Il y avait effectivement de quoi se demander pour quelle raison arriver en retard au travail en étant levée si tôt.

Tom avait commencé par mettre en route le train électrique, le laissant vrombir en boucle, avant de lui préférer une console vidéo, tout aussi bruyante et face à laquelle il jurait et criait, s'énervant contre son adversaire virtuel. Quand Lucie et Cyril étaient entrés dans sa chambre, Tom s'était précipité vers eux, les avaient enlacés en leur annonçant « *j'ai fait attention aujourd'hui, je ne suis pas venu dans votre chambre pour ne pas vous réveiller !* » et de leur claquer un gros bisou sur les joues.

Lucie avait honte d'éprouver parfois de l'énervement et de la colère face à son fils qui était, au demeurant, espiègle et câlin. Mais, ce matin là, les causes de leur exaspération pourtant expliquées calmement, Tom avait eu toutes les peines du monde à comprendre que, bien que seul dans sa chambre, il faisait encore trop de bruit et dérangeait le reste de la famille. Une crise avait suivi durant laquelle il avait pleuré à chaudes larmes, réveillant Mila, qui n'avait depuis lors cessé d'être grognon et revêche.

Mais la raison véritable du retard de Lucie à l'agence date du petit-déjeuner, période à laquelle Cyril était déjà parti travailler. Alors qu'elle portait Mila dans les bras et surveillait du coin de l'œil la table de cuisine, une petite alarme interne avait viré au rouge lorsqu'elle avait aperçu Tom placer en équilibre son verre de jus d'orange sur le pot de chocolat en poudre. L'inévitable catastrophe s'était alors produite, le verre avait roulé jusqu'au bord de la table et était tombé sur le carrelage, propulsant des milliers d'éclats translucides sur le sol de la cuisine.

Avant même que Lucie puisse intervenir, Tom s'était précipité pour ramasser les débris et s'était enfoncé quelques fragments de verre dans la paume de main. Le temps de mettre Mila à l'écart, de soigner Tom et de ramasser les morceaux de verre baignant dans une mélasse de cristaux acidulés – il lui faudrait d'ailleurs repasser l'aspirateur plus tard pour plus de sûreté – l'heure de départ habituel était dépassé de plus de trente minutes.

Lucie qui, d'expérience, part du principe que moins on en dit à des collègues comme Marie, mieux cela vaut, se garde à tort de lui raconter tout cela.

- Avec cette chaleur, répond t-elle, il est difficile de dormir correctement...

- Mais c'est comme cela pour tout le monde, ma belle... J'ai tourné pendant au moins deux heures cette nuit...

Le ton mielleux employé par Marie fut suivi d'un bref claquement de capot d'imprimante signifiant clairement « *et moi, je ne suis pas en retard* ». Fin de la conversation.

Passe ton chemin ! aurait voulu lui crier Lucie mais elle n'a pas de temps à perdre avec ce genre de comportement acrimonieux et provocateur. Lucie soupçonnait sa collègue de vouloir la pousser à bout, de façon à ce qu'un conflit éclate entre elles, offrant à Marie l'opportunité de la dénigrer auprès du chef d'agence. La raison de cette animosité était évidente : Lucie et Marie se livraient à une compétition officieuse pour succéder au poste de directeur, celui-ci prévoyant de partir à la retraite d'ici quelques mois. Et à quarante neuf ans, Marie la voulait cette promotion ! Il semblait à Lucie qu'elle était prête à tout et irait jusqu'à ramasser miette par miette les déjections de ses collègues pour les porter fièrement sur un plateau d'argent à son patron si celui-ci le lui demandait... En outre, elle possédait l'ancienneté et trouvait logique qu'on lui accorde le poste.

Lucie, quant à elle, avait bénéficié de plus de formations et avait eu un entretien d'évaluation au siège de Cap Vie Assurance qui lui laissait présager une possibilité d'évolution rapide. Elles pensaient toutes deux avoir leurs chances, à moins que « plus haut » on ne leur impose une personne extérieure, venant d'une autre région, et dans ce cas, ce serait le retour à la case départ...

Jusque là, Lucie y croyait. Elle avait à l'aube de la trentaine, un projet de carrière, espérant par là-même damer le pion à cette garce de Marie... Elle pensait pouvoir faire la part belle à sa vie professionnelle, et trouver le juste milieu avec les enfants. Elle était jusque là sur un petit nuage, mais aujourd'hui elle tombait de haut : s'occuper de son fils, honorer les rendez-vous chez les spécialistes devenaient sa priorité. Elle serait forcée de laisser la place à Marie, sans plus se battre, coupant court à ce duel qui durait déjà depuis quelques mois.

Le tic-tac de l'horloge mural surplombant son bureau martèle ses tympans. Parfois elle n'y prête pas du tout attention de la matinée, mais là, il n'est pas neuf heures et ses yeux sont déjà rivés sur le cadran.

Aujourd'hui, Lucie ne travaille pas : dès qu'elle aura accompli les tâches ménagères, elle devra s'occuper de trouver un spécialiste pour Tom. Contacter une association de parents d'hyperactifs lui semble être une idée valable. Être conseillée, épaulée dans cette épreuve est nécessaire. Ne serait-ce qu'en parler à quelqu'un lui ferait du bien.

Le constat est sans équivoque : il est difficile de garder une vie sociale en dehors du travail avec un enfant tel que Tom... Ils avaient bien essayé de trouver une baby-sitter mais Tom avait décidé que ses parents ne se débarrasseraient pas de lui si facilement et avait à sa manière compliqué les choses.

Inutile d'espérer que Manon, une adolescente du voisinage, accepte de nouveau de passer une soirée à garder les enfants: lorsqu'elle était venue les surveiller un soir d'Octobre l'an passé tandis que Cyril et Lucie dînaient au restaurant pour fêter leur anniversaire de mariage, Tom, qui préparait la fête d'Halloween, s'était mis en tête de découper les rideaux marron du salon pour habiller une sorcière faite de pâte à modeler... Manon avait fait son possible pour l'en dissuader, avait fini par confisquer la paire de ciseaux et avait reçu en échange des griffures coriaces sur les bras. Lucie et Cyril qui avaient pourtant prévenu la jeune fille que Tom était un enfant turbulent, étaient désolés et honteux du comportement de leur fils. Lucie craignait les propos que la baby-sitter rapporterait à ses parents, et ceux qu'eux même raconteraient ensuite au voisinage. Elle s'en voulait terriblement de n'avoir pas su imposer de limites à son fils, car elle croyait encore à l'époque, comme toute personne ignorant le problème de fond, que l'impulsivité et l'agressivité des enfants hyperactifs était issues non pas d'un trouble mais d'un défaut d'éducation.

Avec le recul, Lucie et Cyril s'étaient bien rendu compte qu'ils avaient pris un risque en faisant garder leurs enfants par une jeune baby-sitter inexpérimentée. Lucie s'était demandée si d'autres parents auraient osé, dans le même cas de figure, confier leurs enfants à une adolescente. Elle était bien consciente que la notion de responsabilité apparaissait à un âge variable selon les caractères et la maturité des jeunes et s'était souvenu d'une expérience vécue enfant qui l'avait beaucoup marquée, et durablement dévalorisée.

Alors qu'elle n'était âgée que de dix ou onze ans, ses voisins lui avaient confié leur petite fille pour une sortie à la fête communale. Lucie veillant sérieusement sur la gamine, le trajet en compagnie d'autres enfants jusqu'à la place du village s'était déroulé sans encombre, mais son attention s'était relâchée une fois arrivée aux manèges et aux stands de friandises qui avaient accaparé toute son attention. Une amie lui avait alors demandé où se trouvait sa petite voisine, Lucie s'était retournée, la cherchant du regard, affolée. Elle avait oublié durant quelques instants l'existence de cette enfant et la responsabilité qui était la sienne. La petite était heureusement restée avec les autres filles du groupe et l'incident, aux regard des autres, avait été oublié, mais Lucie en avait gardé une culpabilité latente, et elle avait préféré ne pas raconter cet épisode à ses parents.

De nombreuses années plus tard, Lucie avait compris qu'elle n'était alors elle aussi qu'une enfant, encore trop immature pour se voir confier ce genre de responsabilité. Ce qui aurait pu arriver à cette petite fille par sa faute lui avait fait froid dans le dos et avait réveillé en elle une prise de conscience sur le tard. Les adultes qui l'avaient confrontée à cette situation étaient tout aussi coupables qu'elle : confier une enfant de cinq ans à une autre enfant qui n'en avait que le double n'était pas très judicieux, quoique pour les adultes qui l'entouraient à l'époque, cela semblât bien anodin. Jamais aujourd'hui elle n'abandonnerait ses enfants à une pré-ado de dix ou douze ans pour une balade en ville !

Ne pouvant se libérer facilement, Cyril et Lucie ont peu de véritables amis : leurs fréquentations de jeunes adultes se sont étiolées avec le temps, certaines de leurs connaissances se sont mariées, d'autres vivent encore une vie festive de célibataires... Ceux qui ont des enfants semblent vouloir garder leur progéniture à une distance respectable de Tom, qu'ils ont délicatement surnommé le « bulldozer », destructeur de jouets et tornade ambulante notoire. A croire qu'ils craignent que l'hyperactivité soit une maladie contagieuse !

Le plus difficile à vivre pour Lucie n'est pas sa propre solitude ni le fait qu'elle n'ait plus d'amie proche à qui parler mais de constater que son fils a de moins en moins de camarades avec qui jouer. Marc et Vanessa, avec qui elle était restée amie depuis leurs années communes de BTS, semblent ces derniers temps trouver prétexte à les éviter lorsque Lucie leur lance une invitation à dîner. Leur fils Noah qui est du même âge que Tom, ne partage plus son enthousiasme à le revoir depuis que celui-ci a dévasté une construction en Lego que Noah, plutôt en avance sur son âge, avait passé quelques heures à construire. Même si elle s'en cache, les photos qui défilent sur *Instagram* de Vanessa et Marc en sortie avec un couple de leurs amis communs alors que Lucie et Cyril n'ont pas été invités, blessent profondément Lucie.

Il leur reste la famille, mais celle-ci est géographiquement éloignée : la mère de Lucie, veuve depuis dix ans déjà, habite près de Nemours et s'occupe depuis sa retraite d'une association Emmaüs qui lui prend une bonne partie de son temps. Elle ne manque toutefois jamais de se soucier de ses petits enfants et Lucie reçoit à chaque coup de fil hebdomadaire sa dose de conseils et de recommandations concernant l'éducation de Tom et Mila. D'ailleurs quand ils vont lui rendre visite, Mamie France a toujours tant de remarques à faire sur le comportement de Tom que celui-ci prend le taureau par les cornes et n'en est que plus intenable. Lucie angoisse de plus en plus face à ces retrouvailles, souvent tendues et épuisantes.

Elle a un frère, Grégoire, de quelques années son aîné, féru de modélisme, qui vit depuis peu avec une passionnée de moto : ensemble ils restaurent une vieille maison du côté de Dijon et n'ont l'un et l'autre nullement l'intention de procréer : les enfants, « *ce n'est pas leur truc* », et il faut dire que le peu de temps passé avec Tom ne peut les convaincre du contraire.

La famille se retrouve une fois l'an pour le barbecue familial du 14 Juillet, dans le jardin de Cyril et de Lucie, qui invitent et hébergent leurs proches. Une façon de garder un lien et de tenir informés les uns et les autres de l'évolution de leurs vies respectives.

Devant l'indifférence passive de Grégoire, Tom fait des pieds et des mains pour attirer l'attention de son oncle... L'an passé, il a voulu prouver à son Tonton qu'à cinq ans, on est capable de retourner soi-même son steak sur le barbecue : avant que Cyril ait pu empêcher quoi que ce soit, Tom avait collé sa paume de main sur le manche brûlant de la fourchette, restée sur le grill...

Les parents de Cyril vivent à Rouen, sont depuis peu retraités et partent régulièrement en voyage. Ils s'arrêtent au passage chez eux le temps d'un week-end deux ou trois fois l'an et semblent prendre beaucoup de plaisir à retrouver leurs enfants et petits-enfants.

Du point de vue de Lucie, cette escale leur permet surtout de vérifier que tout se passe correctement dans le foyer de leur fils, que la maison est bien tenue et que les enfants sont élevés dignement. Pourtant elle les apprécie, ce sont des gens simples et bien intentionnés mais beaucoup trop enthousiastes pour être honnêtes. S'extasier devant un hibiscus à moitié desséché en clamant « *Oh, Lucie, comme tu as la main verte !* », ou gratifier Cyril d'éloges devant la terrasse en partie carrelée mais dont les travaux sont stoppés depuis plus de deux mois car Cyril n'a jamais trouvé la motivation de s'y remettre, prouvent bien que la franchise n'est pas leur point fort. A trop répéter que leurs petits-enfants sont formidables et que Lucie et Cyril ont fondé une famille exceptionnelle, on peut finir par y croire mais Lucie sait qu'il s'agit d'un mensonge, et qu'au pire ils sont persuadés du contraire, vouant un profond mépris pour l'éducation que reçoivent leurs petits-enfants.

Voyons... La préparation du biberon... Il est déjà huit heures et demi, Mila ne devrait pas tarder à se réveiller et Lucie traîne encore en pyjama. Les biberons du matin si petits au début contiennent maintenant l'équivalent de deux bols de lait. Lucie se félicite que son enfant prenne toujours cette dose de calcium chaque matin. Parfois les parents arrêtent beaucoup trop tôt les biberons pour passer au bol, et c'est à cette période que les petits perdent souvent le goût pour le lait. Ce fut malheureusement le cas pour Tom, regrette Lucie, et la raison pour laquelle, à dix-huit mois, Mila en boit encore un grand biberon en guise de premier repas.

Lucie ouvre une bouteille de lait, prend sur l'égouttoir un biberon qu'elle entreprend de remplir. Celui-ci encore humide lui glisse des mains et se renverse dans l'évier. *Maladroite !* Elle a horreur de gaspiller, surtout le lait. Elle a entendu dire que pour activer la montée de lait chez une vache, les producteurs n'hésitent pas à la priver de son petit... Subir tant de cruauté pour que le lait finisse à l'égout : la gorge de Lucie se noue subrepticement.

Cyril a un frère, plus âgé lui aussi, dirigeant d'une société agro-alimentaire en Beauce et marié depuis quinze ans à la mère de ses trois enfants. Tout le monde s'accorde à dire que cette femme, Ewelina, lui rend la vie impossible et semble diriger sa famille et tenir sa maison telle une cheffe d'entreprise intransigeante.

Loin d'être un modèle pour Lucie, qui apprécie d'être beaucoup plus souple, sa belle sœur, lui semble déconcertante tant elle affiche d'assurance et de détermination dans son rôle de mère et d'épouse. Ewelina est le genre de femme fière, d'une fierté insolente, à vous rabaisser dans chacun de ses gestes et surtout prête à tout pour donner l'impression de maîtriser parfaitement chaque situation. Avait-elle reçu une éducation rigoureuse, un père militaire peut-être ? Avait-elle des origines si modestes qu'elle s'était jurée de consacrer sa vie entière à dissimuler cette misère ? Une enfance honteuse qu'elle cache sans relâche sous le vernis de ses bottes parfaitement lustrées, de ses ongles laqués, de son salon impeccablement entretenu, et le reste surtout : du repassage des sous-vêtements des enfants car sans cela *ils ne seraient pas à leur aise,* au cirage quotidien des chaussures de toute la famille.

Lucie ne lui a jamais posé la question sur l'origine de ce don, la *perfect attitude,* et elle n'en veut absolument pas à Ewelina d'être ce qu'elle est, ni de la faire passer, elle, pour la femme désordonnée et brouillonne qu'elle a parfois l'impression d'être à côté de sa belle-soeur. Elle ne peut lui en vouloir de ne jamais arriver en retard le matin au boulot ni d'avoir à expliquer à la directrice de l'école pour quelle raison son fils de cinq ans a colorié en noir les étiquettes figurant au-dessus du porte-manteau de chacun de ses camarades de classe...

Devant l'excellence d'Ewelina, Lucie se rassure comme elle peut, en se disant qu'elle remplit au mieux son rôle de mère et d'épouse et qu'elle a en plus un travail à temps plein: on ne peut être à la fois au four et au moulin, n'est-ce pas ?

Mais ce qui désole véritablement Lucie n'a rien à voir avec tout cela. Elle est persuadée que sa belle-sœur, en dépit de son statut de femme au foyer, n'a pas compris que l'amour d'une mère envers son enfant est la chose la plus simple qu'il soit. La frénésie avec laquelle Ewelina s'active avec véhémence et abnégation autour des siens donne à Lucie l'impression que sa belle-sœur passe à côté des véritables bons moments (ceux que Lucie appelle les *moments de cœur*). Ewelina ne jure que par les vêtements de marque qu'elle achète en abondance pour ses enfants, elle a aussi l'habitude de choisir les derniers goûters à la mode dont ils sont abreuvés par la publicité (croit-elle vraiment que l'amour d'une mère se cache dans une confiserie *Kinder* ?) ou pire encore, la liste au père Noël qu'elle leur suggère d'établir à partir de leur tablette directement sur *Amazon* !

Rien de tout cela n'a de valeur aux yeux de Lucie, il s'agit tout au plus pour elle d'une preuve qu'Ewelina, et par la force des choses ses enfants, sont les victimes consentantes d'une époque où les valeurs se perdent comme les secondes s'effilochent.

A l'inverse, Lucie aime prendre le temps de lire des histoires le soir, de faire participer Tom à la confection d'un gâteau pour le goûter, de jouer avec lui à cache-cache et à Attrape-ouistiti le samedi après-midi. Le temps de concentration de Tom étant restreint, il semble important à Lucie de profiter au maximum de ces moments passés avec son fils. C'est pour elle la marque d'un véritable amour tout comme le laisser se blottir, ne serait-ce que quelques minutes dans ses bras, pendant le dessin-animé du dimanche matin. Pour Lucie, le temps qu' Ewelina perd à gouverner sa vie et celle de ses proches demeurera perdu à jamais.

Au dehors, le ciel immaculé annonce une journée radieuse. La canicule précoce de ce début d'été a déjà fait des dégâts : la pelouse desséchée a la couleur de la paille et les jardinières de surfinias ont bien triste mine.

De la fenêtre de cuisine placée au-dessus de l'évier, Lucie aperçoit l'entrée de garage de la maison voisine, située en face de la leur : une famille s'active autour d'une voiture – les deux jumeaux d'une dizaine d'années grimpent à l'arrière, cartables sur le dos, tandis que les parents disposent attachés-case et sacs de sport dans le coffre.

Une chance pour eux de pouvoir partir ensemble le matin, avoir des horaires qui coïncident au point de n'utiliser qu'un seul véhicule... Lucie sait qu'ils travaillent tous deux dans un laboratoire pharmaceutique : lui est comptable et elle est ingénieure en recherche et développement. Le couple s'embrasse avant d'entrer dans la voiture : de leur complicité émane un bonheur et un équilibre qui renvoient Lucie à ses propres désillusions. A quand remonte la dernière fois qu'elle et Cyril se sont témoignés autant d'affection spontanée ? En excluant les embrassades mécaniques lorsque l'on se croise le matin et que l'on se retrouve le soir, Lucie a beau se creuser la tête, elle ne parvient pas à se remémorer un épisode identique dans leur couple.

L'homme regarde dans sa direction et marque un temps d'arrêt avant de s'engouffrer derrière le volant. Se peut-il qu'il l'ait aperçue derrière le fin voilage de la fenêtre, en train de l' observer ? Lucie s'écarte de l'évier comme prise sur le fait, tandis que la voiture s'éloigne dans la rue. Elle maudit sa bêtise : comme si elle avait commis un acte répréhensible !

Elle reprend le biberon, puis verse consciencieusement le lait.

De là où elle est, elle serait aux premières loges s'il se passait quelque chose chez ses voisins, et assurément, ils seraient heureux qu'elle puisse se rendre utile en les prévenant d'un cambriolage ou d'un incident quelconque. La curiosité n'est pas un vilain défaut mais une qualité, se rassure t-elle.

Lucie prépare le bain de Mila. La salle de bain s'emplit de vapeur tandis que l'eau tombe en cascade dans la baignoire. Le reflet de Lucie s'estompe progressivement du miroir, devient flou et n'est plus qu'une forme vague aux couleurs indéfinies derrière la buée qui a envahi la vitre.

Les jouets de Mila tombent un par un dans l'eau au fur et à mesure que Lucie les laisse glisser du rebord humide. Les éclaboussures projetées par les canards en plastique atterrissant sur l'eau provoquent toujours les éclats de rire de Mila. Lucie n'ajoute pas de produits moussants dans l'eau du bain, même s'il serait amusant de déposer une noisette de mousse sur le nez ou les joues de sa fille. Ces produits ne sont pas adaptés à la peau fragile des enfants et le consommateur lambda n'a aucune idée des méfaits causés à long terme par les produits chimiques contenus dans le bain moussant. N'avait-elle pas, après avoir lu quelque part que les crèmes parfumées étaient les plus nocives, jeté ses tubes et pommades à la poubelle ?

Quelque part, dans le salon, la sonnerie du téléphone retentit. Lucie a de nouveau oublié de le prendre avec elle dans la salle de bain. Elle le laisse sonner, il est hors de question d'abandonner Mila seule dans son bain pour aller dans la pièce voisine. Lucie sait bien que ce genre d'accident arrive encore : il y a quelques temps, une femme avait laissé son fils de six mois se noyer dans sa baignoire. Il avait suffi de quelques secondes d'inattention, le temps que la mère de famille aille ouvrir la porte à son aînée qui avait oublié ses clés. Lucie s'était plusieurs fois imaginé le drame, avait tenté de se mettre à la place de cette femme, et comme tous les gens à qui ça n'arrive pas, elle était certaine de ne pas pouvoir supporter ce que cette mère de famille avait enduré. Comment continuer à vivre après une telle tragédie? Reprendre une vie normale alors que rien ne serait jamais plus comme avant ? Porter sur ses épaules l'énorme poids d'une telle culpabilité ?

Quelques semaines plus tôt, devant les informations, un mot lui avait effleuré les lèvres - ou l'avait-elle prononcé à haute voix ? - à l'encontre d'une famille d'Aubervilliers dont le petit garçon de deux ans avait chuté du cinquième étage d'un immeuble. L'enfant laissé sans surveillance s'était hissé jusqu'à la margelle de la fenêtre ouverte et avait basculé dans le vide.

Un classique, vu et revu.

« *Parasites* ».

Le terme lui était venu à l'esprit pour désigner ces parents irresponsables.

Lucie s'était laissée aller à ce jugement, qu'elle considéra sur le tard impartial et cruel, emportée par la verve des réseaux sociaux qui s'étaient défoulés sur cette famille endeuillée.

Sur le moment, la colère qui était la sienne semblait toutefois légitime.

Comment de telles choses pouvaient encore arriver à son époque ? Les messages de prévention sur les accidents domestiques s'affichent dans les salles d'attentes et les cabinets médicaux, inondent les carnets de santé, submergent les fascicules offerts par les mutuelles et l'assurance maladie...

Et puis ce n'est que du bon sens d'élever un enfant ! Ne pas le laisser seul alors que tout ce qui se trouve à sa portée est un danger potentiel !

Qui étaient ces inconscients ? Des parents indignes, des illettrés, des cas sociaux, des abonnés aux allocations familiales ? Ils n'avaient que ce qu'ils méritaient après tout: sortir de l'anonymat pour être jugés par leurs pairs, livrés en pâture aux commentaires les plus abjects !

A cet instant, alors qu'une nébuleuse angoisse gravite dans son ventre, Lucie pense différemment. Il est si facile de juger sans connaître, mais c'est aussi son métier d'anticiper, de protéger et de comprendre les gens: que savait-elle réellement de cette famille ?

Elle s'imagine que la mère aurait pu une ou deux minutes quitter des yeux son enfant en apprenant par téléphone une information gravissime : sa propre mère hospitalisée d'urgence ou son mari gravement blessé après un accident de travail... Une nouvelle qui l'aurait suffisamment bouleversée pour qu'elle en oublie durant un instant fatidique de surveiller attentivement son petit garçon.

Lucie s'accoude à la baignoire et laisse reposer sa tête sur son bras, son autre main trempe dans l'eau chaude et dessine de petites vagues à la surface. Elle se laisse bercer par le clapotement ténu de l'eau et plonge progressivement dans une douce torpeur. Un silence paisible l'entoure.

La sonnerie du téléphone retentit alors à nouveau.

Qui peut bien l'appeler à cette heure ? L'école de Tom peut-être... Ou Cyril ? Lucie compte le nombre de sonneries : au bout de cinq, le téléphone bascule sur le répondeur, elle rappellera si quelqu'un lui a laissé un message. Parfois, elle court ou se précipite pour fouiller son sac alors qu'il ne s'agit que de démarchage téléphonique : ce qu'elle peut maudire alors les vendeurs qu'elle a au bout du fil! Elle a horreur de perdre un temps précieux qu'elle pourrait consacrer à ses enfants !

Les canards en plastique jaune flottent sur l'eau savonneuse et la grenouille verte parsemée de tâches rouges a coulé depuis un moment au fond de la baignoire quand Lucie s'aperçoit que l'eau n'est plus si chaude et qu'il faut maintenant sortir Mila du bain avant qu'elle ne prenne froid…

Il est temps de l'habiller.

Lucie se réjouit toujours du moment où elle va choisir la tenue de sa fille.

Elle fouille dans la commode satinée et opte pour une salopette de coton mauve aux bretelles ornées de boutons en forme de lapins, assortie d'un t-shirt fleuri et d'un bandana rose qu'elle glissera sur son front pour retenir la fine chevelure blonde, encore disparate mais dont les mèches soyeuses atteignent maintenant la base délicate du cou. Dans la douceur de ce cou s'étend un fin duvet doré, que Lucie caresse souvent comme si Mila était un petit chaton au pelage fauve.

Alors que Lucie pose les vêtements sur le coin de la commode, les prismes de soleil matinal s'infiltrent par la fenêtre entrouverte révélant le ballet quasi invisible de fines particules de poussière voletant dans la chambre, se mouvant en un nuage difforme.

Comme une étreinte divine, le rayon enlace leurs silhouettes, les unissant quelques instants de ses feux célestes. Pour se soustraire à leur ardeur éblouissante, Lucie se tourne vers le miroir suspendu face au lit de Mila. Son reflet l'effraie : la teinte châtain clair-miel de ses cheveux colorés s'est ternie et mériterait d'être ravivée, son visage est pâle, ses traits fatigués et ses yeux cernés semblent plus sombres qu'à l'ordinaire.

Depuis quand n'a-t-elle pas réellement observé son reflet dans un miroir ? Elle se brosse les dents, se coiffe sans se voir... Elle le fait machinalement comme lorsqu'elle prépare le café le matin ou jette les couches de Mila à la poubelle. Sans intérêt. Ce qui ne l'empêche pas de se maquiller et de s'habiller correctement, par habitude, sans s'évaluer ou se surpasser.

La réalité, pense t-elle, est que sa vie est devenue une longue nuit. Elle est tant sur le qui-vive avec Tom qu'elle en oublie de vivre. Lucie se sent épuisée, vidée comme si ses enfants avaient vampirisé toute son énergie, pourtant ils sont tout pour elle : sans eux elle pense qu'elle ne serait rien.

De retour dans le salon, Lucie a beau fouiller les recoins, soulever les coussins du canapé, elle ne parvient pas à mettre la main sur son téléphone portable. Elle arpente la cuisine et l'entrée dans laquelle se trouve le guéridon où l'on pose clés et sacs, mais rien non plus de ce côté. Elle ne se souvient pas avoir vu son téléphone de la matinée, et pourtant la sonnerie résonne encore à ses oreilles...

Chez elle, Lucie n'a pas le temps de la rêverie. Jamais elle n'a calculé le temps passé à s'occuper de la maison : cuisiner, lessiver, s'acquitter des tâches ménagères, faire les courses ou s'occuper des enfants... Peu importe car tout doit être fait et bien fait, telle est sa perception des choses.

Être propriétaire d'un pavillon en banlieue se mérite tout comme s'octroyer deux semaines de juillet en pension complète, au club Belambra du Cap d'Agde...

Lucie sait à quoi doit ressembler sa maison: à celle de son voisin mais en plus jolie, plus soignée. Le voisin pensera la même chose et ainsi de suite... Voilà la dynamique de cette petite résidence, se désole t-elle en regardant par la fenêtre de cuisine, alors que l'eau moussante de produit vaisselle gonfle dans l'évier.

Il faut savoir se montrer digne de ces jolies maisons récentes, toutes différentes et pourtant si semblables, de leurs petits jardins resplendissants, bien entretenus en toutes saisons. Les plus beaux reviennent à ceux qui y consacrent le plus de temps, de jeunes retraités souvent, que les actifs prennent pour modèle : au fil des ans les terrasses s'embellissent, une pergola sur laquelle court une glycine orne la façade de la maison, les haies de lauriers s'étoffent et se parent d'arbustes colorés, et les froides allées bétonnées s'agrémentent de bordures en grès fleuries de bouquets mélangés. Le gazon ne varie jamais, il est toujours tondu au millimètre près et le matériel de jardinage toujours proprement rangé dans l'abri de jardin. Les vasques et pots de taille XXL sont de mise devant la plupart des portes d'entrées : on y expose de ravissants petits conifères d'ornement, qui ont l'avantage, outre d'être très tendance, de nécessiter peu d'entretien et d'être bon marché.

Lucie entreprend de récurer les biberons de Mila à l'aide d'un goupillon pour enlever le lait séché qui stagne dans chaque culot.

Un vrai jardin ne ressemble pas à cela, elle le sait bien.

Au fond de son cœur bat encore, là sous l'aorte, un souvenir d'enfance : un petit jardinet, entouré de murs de pierres recouverts de lierre grimpants et de ronces enchevêtrées, envahi d'herbes folles et de trèfles blancs. Des bosquets de lavande et de sauge sauvage offrent une constellation de mauves parsemée ici et là de coquelicots écarlates. L'endroit est là depuis des siècles, il suit le manège des saisons sans crainte du lendemain. Les racines des noyers ancrées dans la terre le sont pour l'éternité et seule la grille rouillée atteste de la marque du temps. C'est ici, à l'ombre de ses ancêtres que Lucie retrouve en songe la paix et la sérénité, loin du tumulte de sa vie actuelle. Elle aime y convier ses souvenirs de petite fille, entourée de l'amour de ses parents et grands-parents. Elle y emmène ses enfants et ensemble ils écoutent le pépiement des mésanges qui leur rappelle l'essentiel : rien ici ne peut les atteindre…

Les biberons s'entrechoquent dans l'évier, Lucie pense à son téléphone qu'elle n'a toujours pas retrouvé. La personne qui a cherché à la joindre tout à l'heure n'a pas rappelé. Il faudrait tout de même qu'elle écoute sa messagerie. Elle rince les biberons et les pose sur l'égouttoir, puis s'essuie les mains. Les jouets de Tom traînent encore sur le tapis du salon : le camion de pompier retourné est cabossé, la sirène ne fonctionne plus depuis des lustres, un Spider Man devenu unijambiste depuis que le super-héros a trouvé en Tom une créature plus puissante que lui...

Des jouets par milliers que l'on connaît par cœur à force de les ramasser chaque jour que Dieu fait, en râlant car l'on croit devoir s'acquitter de cette tâche jusqu'à la fin des temps... Mais dans un lieu secret, enfoui sous la rengaine des journées, Lucie sait bien que ça ne durera pas – les jouets éparpillés dans la maison, les projections qui inondent la salle de bain, les lessives à n'en plus finir et les tâches de chocolat qui ne partent pas –, mais n'est-il pas déjà trop tard ?

Pour quelles raisons ces scènes du quotidien, parfois si répétitives et si lassantes lui donnent-elles cette illusion abjecte d'être éternelles, cette illusion que ses enfants resteront en bas-âge le reste de leur vie ?

Et dans la banalité quotidienne de ces journées qui n'en finissent pas, qui se ressemblent toutes, Lucie semble avoir oublié la chance qui est la sienne d'avoir mis au monde deux merveilleux enfants. A t-elle purement oublié cette chance ou l'a t-elle mis de côté, comme quelque chose que l'on croit acquis et dont on ne soucie plus, comme le désir ou l'amour d'un conjoint peut-être ? Quelque chose qui refait surface lorsqu'il est trop tard, bien entendu.

A aucun moment de cette existence rangée et calculée, elle n'a pris la mesure de l' incomparable bonheur qui est le sien d'avoir pu fonder une famille. Cette chance, elle le sait bien, n'est pourtant pas donnée à tout le monde : combien de personnes seules, n'ayant jamais trouvé l'âme sœur doivent se résoudre à ne pas avoir de descendance ? Combien de couples stériles sont obligés de se soumettre à des procédures contre-nature pour enfanter ?

Lasse des tâches ménagères qu'elle accumule depuis l'aube, Lucie s'allonge sur le canapé pour se reposer quelques minutes. La naissance de Tom et celle de Mila avaient été sans conteste les deux plus beaux jours de sa vie.

Était-ce un cliché de se rendre compte de cette chance ?

Une vérité inintéressante ou une perte de temps ?

Avait-elle mieux à faire ? Briqueter la terrasse ou nettoyer les vitres immaculées ?

Ou rédiger un compte-rendu pour son responsable d'agence par exemple ?

Les souvenirs des moments passés avec ses enfants lui semblent soudain si fragiles et révolus qu'elle tente de les préserver en fermant les yeux. Ses larmes les emportent au loin, sans espoir de les retenir.

D'où lui vient cette humeur triste et mélancolique ? C'est assez inhabituel chez elle, elle n'est pas sujette à la déprime, même si elle se sent parfois fatiguée. Il est certain qu'elle dort mal et souffre de cauchemars ces jours-ci. L'un d'eux l'a réveillée cette nuit et l'a suivie jusque bien après l'éveil, surgissant à l'improviste, au hasard d'un mot, d'une pensée, ou lorsqu'elle ferme un instant les yeux. Un cauchemar éprouvant dont elle ne parvient pas à se libérer complètement, tellement présent, si détaillé qu'elle se demande si elle ne l'avait pas déjà fait la veille ou l'avant-veille. Peut-être hante t-il son sommeil depuis plusieurs nuits déjà ? Peut-être attend t-il chaque soir patiemment qu'elle s'endorme pour venir insidieusement perturber ses nuits ?

Ils viennent d'être victimes d'un accident de voiture. Elle, Cyril. Les enfants.

Lucie est prostrée sur le bas-coté de la chaussée. « *Il ne faut pas regarder en direction de la voiture, Lucie* », lui souffle une voix doucereuse à ses côtés. Mais, elle ne peut s'en empêcher et comme lorsque l'on court au ralenti dans un rêve pour échapper à un danger, Lucie tourne lentement la tête et noie son regard dans la scène qui se joue devant elle. Elle assiste les yeux emplis d'épouvante à un gigantesque brasier, au centre duquel la carcasse de leur véhicule est la proie de flammes qui dévorent l'habitacle. Elle hurle devant les flammes qui tourbillonnent mais le son de sa voix se perd dans les bourrasques de vent. Une main se pose sur son épaule : son mari est prêt d'elle et la regarde d'un air apaisé, rassurant. A ses lèvres l'esquisse d'un sourire qu'elle ne comprend pas.

Le cauchemar s'éternise, les battements de son cœur s'emballent. Elle sursaute encore : à l'arrière de la voiture, une forme se jette sur la vitre. Il s'agit d'un chien qui hurle à la mort et se cogne au carreau dans l'espoir vain d'échapper à la fournaise.

Elle le distingue mal en raison de la fumée et de la chaleur qui lui brûle le visage, rien n'atteste qu'il s'agisse de leur chien Bouba, mais de quel autre chien pourrait-il s'agir ? Bouba fait partie de leur vie, ils l'ont adopté encore chiot alors que Tom avait trois mois !

Au cœur de ce cauchemar, Lucie aime ce chien comme s'il s'agissait de l'un de ses enfants. Elle éprouve une telle panique à le voir se contorsionner de façon incontrôlée pour échapper à son supplice qu'elle hurle à son mari d'agir enfin !

Mais avant que celui-ci ait la moindre réaction, Lucie réalise qu'elle porte *quelque chose* dans ses bras : elle baisse les yeux et voit le visage de Mila si près du sien ! Son bébé est enveloppé dans une couverture d'un gris terne comme les cendres qui ont maintenant envahi leur environnement.

Mila est sauve !

Lucie serre sa fille si fort contre son cœur qu'elle pense ne faire de nouveau qu'un avec elle.

Derrière la vitre de la voiture enflammée, le chien a disparu.

« *Bouba* ! » s'imagine t-elle crier à pleine voix, mais lorsqu'elle se réveille c'est le nom de Mila qu'elle hurle, prenant vaguement conscience de son corps trempé entre les draps.

L'impression malsaine que lui laisse ce rêve persiste et elle garde longtemps la vision de ce chien qui saute sur la vitre arrière de la voiture en flamme. A son réveil, un chien aboie au loin, le téléphone sonne et Mila pleure.

Ce matin-là à l'agence, le premier rendez-vous de Lucie n'est pas en retard. A neuf heures précises, une petite dame soignée, aidée d'une canne franchit le sas d'accueil alors qu'un rayon de soleil déjà ardent s'immisce à l'intérieur de l'agence.

Un halo de lumière vive stagne un instant au-dessus de sa tête tandis qu'elle s'avance lentement dans l'entrée, lui donnant l'apparence d'un ange fatigué. Pour une raison qu'elle ne s'explique pas, Lucie pense furtivement que la présence de cette femme ici même, dans le hall d'accueil d'une agence Cap Vie Assurance est insolite, voire déplacée. Elle a honte, chasse cette pensée fugace et se précipite pour accueillir sa cliente.

Madame Fontenoy qui souhaite déclarer un sinistre sur sa chaudière, s'exprime d'une voix fluette et douce, elle se plaint de la chaleur mais porte un gilet en laine mauve qu'elle a boutonné jusqu'au col. Lucie la trouve sympathique et l'écoute avec amabilité lui confier ses tracas quotidiens tout en complétant le dossier.

Lorsqu'elle relève les yeux vers sa cliente, son regard tombe sur la broche fixée au gilet de la vieille dame : il s'agit d'une représentation de la Vierge Marie; le mauve du gilet de laine tranche avec le bleu azur de la robe sainte, et c'est précisément cette nuance qui a attiré le regard de Lucie, ce bleu lui semble si familier... Madame Fontenoy surprend l'intérêt de Lucie et sourit en tapotant le bijou:

- C'est un souvenir d'un pèlerinage à Lourdes... Je la porte depuis des années, je peux vous assurer qu'elle fait des miracles... annonce t-elle, catégorique. Vous savez, ajoute t-elle sur le ton de la confidence, je pense que Dieu ne cesse jamais de nous envoyer des épreuves tout au long de notre vie, nous devons être capables de les apprécier et de les surmonter... Notre dévotion fait de nous des êtres dignes de notre Créateur...

Lucie souhaiterait lui retourner un sourire poliment complice, mais n'affiche qu'une mine perplexe face à cette digression inattendue. Suspectant la vieille dame d'être intarissable sur le sujet, elle redresse habilement la conversation sur les éléments techniques du dossier à compléter pour permettre à sa cliente d'être rapidement indemnisée.

Les questions d'ordre métaphysique ne font plus partie du quotidien de Lucie et de Cyril depuis longtemps, car même si leurs deux enfants ont été baptisés, la démarche tient plus du respect de la tradition familiale que d'une pure conviction religieuse. Elle et son mari avaient reçu la bénédiction mais n'étaient pas pour autant de fervents pratiquants. Et ils avaient fait baptisé Mila comme ils l'avaient fait pour Tom : il est normal de faire pour le second enfant ce que l'on fait pour le premier...

En réalité, Lucie en garde un sentiment d'amertume car le baptême de Tom était à l'origine une initiative des parents de Cyril... Tom était né en août, ils avaient évoqué le sujet à Noël : rien de tel que cette période de l'année pour raviver les traditions... Lucie et Cyril, qui ne s'étaient pas encore posé la question, n'avaient pas d'à priori contre le baptême, et avec l'ambiance des fêtes de fin d'année, s'étaient facilement laissé convaincre. Tom avait été baptisé en août de l'année suivante, pour son premier anniversaire. Avec le recul, Lucie pensait que les parents de Cyril avaient eu trop d'influence sur eux et s'étaient mêlés de ce qui ne les regardait pas. Sa belle-mère était quelqu'un de possessif mais avec le temps et la distance qui les séparaient, un certain équilibre s'était instauré, préservant leur relation de dérapages intempestifs.

Bien sûr, Lucie dira qu'elle croit en Dieu là dans l'instant, mais cela a-t-il réellement un sens de croire en Dieu aujourd'hui ? Leur vie est si terre à terre, imprégnée de problèmes si réalistes qu'elle trouve étonnant le fait que d'autres puissent encore accorder une place si importante à la religion. Sa religion à elle, c'est sa famille, le socle, la base de toute sa vie. Ce pour quoi elle se lève le matin et fait face jour après jour aux difficultés du quotidien.

Lorsque Madame Fontenoy sort de l'agence, son aura a disparu. En dépit des stores en partie baissés, la baie vitrée de la façade propulse une lumière brûlante qui inondera les bureaux pendant une bonne partie de la matinée, obligeant le climatiseur à tourner plein pot pour maintenir une température viable.

Lucie s'efforce de se concentrer sur ses tâches administratives et, comme à son habitude, vérifie de manière très procédurale le dossier de sa cliente. Elle s'oblige à une relecture scrupuleuse de son travail, s'assure de bien avoir toutes les coordonnées, contrôle méticuleusement le rapport de sinistre avant de le valider et de l'envoyer à son supérieur. Lucie a coutume de ne rien laisser au hasard, que ce soit dans sa vie professionnelle ou à la maison : elle n'aime pas le désordre et réalise les choses selon un ordre bien particulier, sans toutefois se considérer comme maniaque pour autant. Le ménage, par exemple, prend des allures de rituel : lorsque l'on fait les choses dans le bon ordre, on risque moins d'en oublier.

Pour l'heure, Lucie jette un œil vers le bureau de Patrick Merisier dont la porte est maintenant ouverte. Elle va devoir envisager un entretien avec son responsable, pour évoquer sa situation familiale et le fait qu'elle pense renoncer au poste de directrice d'agence. Lucie soupire, il vaut mieux attendre la semaine prochaine, après en avoir discuté ce week-end avec Cyril.

Elle est encore loin de comprendre qu'être mère vaut plus que n'importe quelle promotion.

Lucie prépare une purée de patates douces et de jeunes carottes pour le repas de Mila. Sa fille adore ça, s'en barbouille les joues jusqu'à ressembler à une citrouille et rit aux éclats quand Lucie tente de lui essuyer le visage. Ses yeux bleus sont deux pépites cristallines où l'on plonge comme dans un bain de jouvence. Même Tom, dans ses pires moments de crise, puise dans les yeux de sa sœur des étincelles de bonheur !

A la taille de l'univers, le regard de Mila, comme un feu de joie, guérirait tous les maux de la terre.

Les carottes sont flétries et envahies d'une fine couche de moisissures noirâtres. Comme elles ne supportent pas plus la chaleur que les êtres humains, Lucie se dit qu'elle n'aurait pas dû les stocker dans la buanderie mais les mettre directement au réfrigérateur. Elle entreprend de les éplucher, peut-être tout n'est-il pas à jeter ? Elle passe sous l'eau ce qu'elle récupère puis hésite. Et si la moisissure avait déjà envahi le légume entier sans que celui-ci développe le moindre signe d'avarie ? Mila serait elle aussi contaminée… Lucie soupire et sans plus hésiter jette le tout à la poubelle.

Dans la buanderie surchauffée, elle déniche le bac en plastique contenant les patates douces et le ramène dans la cuisine. Alors qu'elle saisit le premier tubercule venu, son pouce s'enfonce dans la chair et le légume explose, libérant un liquide jaunâtre à l'odeur infecte qui se répand dans la pièce. Lucie est écœurée, le légume offrait pourtant un bel aspect. Elle vérifie le reste et ne trouve que deux légumes corrects dans le lot. Elle devra s'en contenter et compléter la purée de Mila par des petits pois surgelés. Elle balance les patates avariées dans le composteur de leur jardinet, qui sous la chaleur accablante pullule de petites mouches blanches s'élevant en une nuée compacte dès que Lucie soulève le couvercle. L'odeur d'herbes sèches mêlée aux épluchures et restes de repas putréfiés lui retourne le cœur.

Quel gâchis ! pense Lucie pour la deuxième fois de la matinée. Toute cette nourriture perdue parce qu'elle n'est pas capable de gérer ses réserves alimentaires. Autant rectifier le tir tout de suite plutôt que de trouver encore une autre catastrophe d'ici quelques jours : Lucie retourne dans la buanderie et passe au crible chaque caissette, inspectant chaque fruit ou légume, appuyant de ses doigts dans les chairs pour en vérifier la fermeté.

Cette tâche accomplie, elle ouvre la fenêtre de cuisine. Le jardin semble figé dans une torpeur moite. Rien ne bouge comme si le temps s'était arrêté : pas un souffle de vent, pas un bruissement de feuille ni même un cri d'oiseau. Le silence semble prendre tout l'espace, à l'intérieur de la maison comme à l'extérieur. C'est à s'y perdre.

La chaleur qui se dégage des dalles bétonnées est telle qu'une brume de lignes vaporeuses rayonne au dessus de la terrasse, conférant au jardin le grain satiné d'une aquarelle. Lucie rêve t-elle encore ?

Parfois lorsqu'au travail la lassitude l'emporte sur le dynamisme et qu'au terme de longues heures monotones enfermée dans son bureau, elle se rend compte que les saisons défilent sans qu'elle y prête attention, elle songe avec envie aux vacances en famille sur les bords de la Méditerranée. Si le ciel aujourd'hui est aussi bleu que celui du Cap d'Agde, il n'inspire pas à Lucie la même sérénité et les mêmes espoirs que lui insufflent ces quelques jours passés en bord de mer. Comme si à la lumière des lieux que l'on ne connaît pas la vie prenait une toute autre saveur, stimulante mais illusoire.

Dans un angle du jardin trône depuis le premier Noël de Mila un jeune sapin, dont les racines plantureuses promettaient une belle reprise selon le pépiniériste qui leur avait fourni le conifère. Lucie le voit de là où elle est : il dépasse presque la clôture mais semble en piteux état en dépit de leur attention. Arrosé mais sans doute pas suffisamment ces derniers temps, il souffre de la sécheresse: ses branches brunies se sont lamentablement dégarnies, ornant le sol d'un tapis d'épines ocres. Ce sapin qui aurait dû accompagner leurs prochaines fêtes de Noël avant de rester définitivement en terre, est en train de rendre l'âme, regrette Lucie.

Du coin de l'œil, elle perçoit un mouvement lascif: une fleur fanée de dipladénia rompt l'inertie ambiante en venant mourir silencieusement sur la terrasse. La tâche de rose échouée là sur les dalles de pierres grises agit comme une étincelle dans son esprit encore engourdi par la chaleur: ce matin la peluche préférée de Mila manquait à l'appel !

Elle doit se mettre en quête de la peluche et la retrouver rapidement pour éviter une crise de larmes si Mila la réclame. En dépit de la chaleur intenable, Lucie entreprend de regarder sous les meubles, retourne une nouvelle fois les coussins du canapé, arpente les pièces les unes après les autres, fouille les paniers de linges, explore les étagères de jouets.

N'est-il pas plus important de mettre la main sur son téléphone portable plutôt que de retrouver le doudou de

Mila ? Lucie songe avec soulagement que la sonnerie n'a plus retenti depuis la dernière fois. Si on avait voulu la joindre de façon urgente, son interlocuteur aurait réitéré ses appels.

Alors qu'elle traque l'irremplaçable peluche, Lucie se souvient d'avoir cherché durant des heures la gourmette de baptême de sa fille et ne l'avoir jamais retrouvée. Mila l'avait portée lors d'une fête d'anniversaire alors qu'elle savait à peine marcher, et au terme de la journée, Lucie s'était aperçue que le bijou avait disparu du poignet de sa fille. Elle l'avait véritablement cherché des heures entières, devant l'indifférence notable de Cyril. Bien sûr il ne s'agissait pas d'un objet anodin : cette gourmette avait été offerte à Mila par la propre mère de Lucie, elle n'en avait que plus d'importance à ses yeux ! Elle ne pouvait laisser ce bijou disparaître comme n'importe quel bijou de pacotille acheté bon marché dans un bazar, comme un simple objet de consommation que l'on perd, que l'on jette ou que l'on oublie !

Que ce soit la gourmette, le téléphone ou le doudou, Lucie sait bien qu'ils sont quelque part. Ils sont juste inaccessibles pour le moment, se dit-elle. Elle imagine la peluche cachée sous un tas de vêtements, le téléphone tombé derrière un meuble ou la gourmette glissée dans un interstice du parquet, ou dans un endroit parfaitement insolite tel qu'une caisse à outil ou au fond d'une gouttière. Peut-être que les objets perdus émettent une lumière ou un signal invisible ? Comme quelque chose d'indicible ou d'indéfinissable caché là, au fond de son esprit, et que cette lumière sera visible au moment voulu ?

Est-ce son imagination ou Lucie entend un grattement furtif, provenant de la porte de la buanderie qu'elle vient de refermer ? Se peut-il que la porte de service qui donne dans la cour soit restée ouverte et que Bouba, leur petit bobtail, se soit glissé à l'intérieur pour tenter d'entrer dans la cuisine ? Sa niche se trouve dans le jardin, à l'ombre de l'auvent et de la haie de lauriers, il y passe en général une bonne partie de la journée avant de profiter avec Tom de quelques parties de balles. Lucie ouvre la porte mais le bruit semble avoir cessé. Contrairement à ce qu'elle s'attendait le chien ne se trouve ni dans la buanderie ni dans le jardin. Lucie siffle et l'appelle, la niche est vide et le jardin demeure silencieux. Peut-être que Bouba a t-il trouvé le moyen de se faufiler chez leurs voisins, dont le terrain juxtaposé au leur est parfaitement entretenu ? Lucie l'imagine déjà retournant les plate-bandes d'Esther Robin pour y déposer ses besoins. Les deux dernières choses qu'elle ait envie de faire est bien de présenter des excuses à sa voisine tatillonne et d'arpenter la rue par cette canicule en appelant le jeune chien...

Alors que le souvenir du rêve revient une nouvelle fois la hanter, Lucie se laisse gagner par une profonde lassitude, mêlée d'inquiétude. Après ça, voilà que le chien disparaît, constate t-elle, dépitée.

Après ça... après ça, quoi ?

Cette longue journée qui n'en finit pas, le téléphone et le doudou introuvables, le lait renversé, les légumes avariés, les mauvais rêves...

Tout s'enchaîne mal et Lucie semble vivre dans un brouillard constant, incapable d'avoir les idées claires et le cœur serein. Elle soupire et se dit que remplir une assiette de croquettes fera peut-être revenir le chien, le bruit des croquettes qui s'entrechoquent suffit généralement à le faire accourir. Lucie se penche sous l'étagère du cellier, certaine d'y trouver la réserve d'aliments pour chien mais aucun sac de croquettes ne s'y trouve. Elle fixe quelques instants l'emplacement où est habituellement entreposé le paquet, se retourne, cherche ailleurs sans comprendre. Cyril a dû par mégarde le reposer à un autre endroit... Elle pense l'appeler pour lui poser la question mais voilà, elle n'a toujours pas retrouvé son téléphone... Elle se sent isolée : la maison est dépourvue de poste fixe. Sans portable, comment ferait-elle pour appeler de l'aide s'il arrivait quelque chose à Mila ?

Le bureau de Lucie est le plus éloigné de la porte d'entrée de l'agence, il se trouve face à la baie vitrée qui donne sur la place Saint-Médard située de l'autre côté de la rue. Celle-ci est inondée d'une lumière vive et les passants se font rares. Au centre de la place se dresse une fontaine ornée de statues de chérubins. De leurs gosiers s'écoulent de fins filets d'une eau recyclée. A leurs pieds sur le muret de la fontaine, quelques potées de zinnias d'un rouge orangé semblent livrer un duel perdu d'avance avec le soleil.

Alors qu'elle se trouve à bonne distance de la place, dont elle est séparée par la rue et les fenêtres de l'agence, Lucie, le regard perdu, semble un instant hypnotisée par cette scène, ces angelots immobiles crachant une eau claire, tandis que la pièce dans laquelle elle se trouve est envahie par le bourdonnement sourd du climatiseur et les murmures de ses collègues.

A cet instant précis, il est neuf heures quarante cinq.

Lucie imagine le bruissement de l'eau qui s'écoule sereinement sur la petite place silencieuse et se rend compte que sa gorge est sèche. Elle boit une gorgée d'eau, dont elle a un pack complet sous son bureau. Même avec la climatisation, on doit penser à s'hydrater correctement pour affronter la fournaise extérieure. Chacun garde l'espoir que cette chaleur diminue : perdre ne serait-ce que quelques degrés promettrait des nuits meilleures et le retour à une vie normale.

La matinée s'étire en longueur comme dilatée par la chaleur, pourtant le travail ne manque pas : les rendez-vous s'enchaînent auxquels s'ajoutent les coups de fils impromptus. Roberto gère efficacement l'accueil des clients imprévus, Marie virevolte, claque des talons, parle seule ou à qui veut l'entendre : à croire que sa grande philosophie se résume à se montrer pour exister. Patrick Merisier sort peu de son bureau : soit il gère une affaire délicate, soit il prépare tranquillement son week-end...

Lucie n'est pas tout à fait à ce qu'elle fait : elle n'apprécie plus son travail comme elle pouvait s'y épanouir il y a encore quelques jours. Depuis le rendez-vous médical de la veille, elle garde constamment en arrière pensée la maladie de Tom et ses conséquences, comme un nuage noir qui s'abat sur sa famille. Le diagnostic d'hyperactivité n'est pas vraiment une surprise, mais elle ne s'attendait pas à ce que le suivi médical soit si lourd. Il faudrait assurément aller jusqu'à Évry pour trouver les spécialistes adéquats, voire même une école adaptée, et les consultations médicales allaient leur prendre plusieurs soirées par semaine... Mila resterait en crèche plus longtemps :Lucie verrait moins son petit bout-de-chou d'à peine dix huit mois... Mais c'était le prix à payer pour que Tom aille mieux, se sente un jour bien dans sa peau et puisse profiter pleinement de la vie. Pouvoir le confier à des professionnels était une chance qui allait à terme tout arranger, pense Lucie. Elle a toujours été confiante, c'est juste qu'il y a beaucoup de choses à gérer en même temps et l'avenir sera un peu différent de ce qu'elle s'est imaginé.

Entre le rendez-vous d'une étudiante venue assurer son premier appartement et celui d'un artisan électricien pour un vol de matériel, Lucie jette un œil sur les infos qui paraissent sur le net. La canicule s'étend, pourtant des orages sont enfin annoncés en fin d'après-midi mais pas de baisse significative des températures. Un détenu s'est échappé d'une prison marseillaise, blessant deux gardiens. Un enfant s'est noyé sur la plage de Malo-les-Bains et un autre dans un lac d'Ariège. Le mois de Juin est à peine commencé que se sont déjà produits plusieurs décès par noyade. Le fléau meurtrier de l'été, constatent les médias.

Lucie aperçoit une grive posée sur le faîte du toit de l'immeuble d'en face. La chaleur est telle qu'elle l'imagine dotée d'ailes de plomb et de fines pattes qui s'enfoncent dans le bitume fondu. Comment peut-elle voler par ce temps ? Un souvenir l'effleure, qui date de quelques jours, pas plus. De retour de l'école, sa voiture roule près du cadavre d'un oiseau déjà gros, peut-être un corbeau ou une pie, écrasé sur la route et grillant petit à petit sous le soleil brûlant, les ailes pointées vers le ciel.

Tom l'avait vu lui aussi et lui avait demandé si l'oiseau *savait qu'il était en train de cuire...* La remarque de son fils avait interpellé Lucie : elle comprenait qu'à son âge il n'avait pas encore conscience de ce qu'était la mort, étape pourtant primordiale du développement de tout individu. Lucie lui avait alors expliqué que l'oiseau ne pouvait plus rien sentir puisqu'il était mort, et que c'était là le sort de tout être vivant, qu'il soit animal ou humain.

Mais Tom comprenait-il vraiment ?

Il lui avait demandé s'il allait mourir lui aussi ? *Et elle, Papa et Mila un jour* ? A ces mots, la réaction physique s'était brutalement manifestée : Lucie s'était sentie submergée par une vague immense qui se déversait comme l'eau d'un barrage dans une vallée aride, inondant chaque partie de son corps. Était-ce possible toute cette douleur en elle, toutes ses larmes qu'elle tentait de réprimer en se tordant sur son siège, s'agrippant au volant comme si sa vie en dépendait, alors que l'air au dehors était aussi sec et rude ?

Les yeux humides, dissimulés par des lunettes de soleil opaques qui lui sauvèrent un peu la mise, elle s'était mordue la lèvre, préférant se taire plutôt qu'émettre un sanglot ridicule. Elle s'était sentie si seule à cet instant que la terre aurait pu s'ouvrir sous ses pieds elle n'en aurait pas été moins désemparée. Elle savait pourtant que face à ce vide vertigineux, personne au monde n'aurait pu combler sa solitude. Pas même ses enfants.

- C'est triste si je meurs, Maman ?

- Bien sûr, quand quelqu'un meurt c'est très triste car on ne le reverra plus jamais.

- Mais quand je serai mort, tu seras pas triste pour toujours ?

- Tom, on va parler de quelque chose de plus gai, tu veux bien ? Alors... et si, exceptionnellement nous prenions le temps d'aller à la piscine ce week-end ?

- Non, mais moi je veux savoir...

Alors qu'elle songe à cette discussion passée, le regard de Lucie se fixe sur le seuil de l'agence où, à même le tapis d'entrée se trouve une peluche rousse ratatinée... De loin, c'est en tous cas ce que cette forme orangée lui évoque : un doudou effiloché qu'un bébé aurait laissé tomber. Elle le contemple, absorbée par ses pensées.

Les questions autour de la vie et de la mort faisaient partie de l'existence même, mais restaient tabous en quelque sorte... La plupart des enfants n'ont pas la notion du tabou, et c'est tant mieux car là réside le symbole de leur innocence, avait pensé Lucie, mais le sujet était si difficile à aborder, si douloureux. Songer à la mort de ses proches, c'est un peu comme la harponner au bout d'un hameçon...

Et puis Tom était passé à autre chose, comme si cela n'avait plus d'importance. Il ne restait jamais concentré longtemps sur un sujet, mais il y reviendrait c'était certain et Lucie n'y couperait pas.

Lucie se demande s'il s'agit bien d'un doudou abandonné sur le seuil de l'agence car aucun enfant ou bébé n'en a franchi la porte ce matin là, aucune mère de famille avec une poussette…

Peut-être est-ce le cadavre d'un petit animal ? Un écureuil ou une musaraigne ? Elle veut en avoir le cœur net, se lève et s'avance jusqu'à la porte, se penche sans l'ouvrir… La lumière vive qui pénètre par la baie vitrée l'oblige à cligner des yeux.

Il ne s'agit ni d'une peluche ni du cadavre d'un animal mais juste d'une feuille desséchée, comme une feuille d'automne avant l'heure, qui provient du Tulipier de Virginie de la place Saint-Médard.

Lucie se redresse et suit du regard les courbes de l'arbre majestueux dont la cime se perd à travers les rayons du soleil. Un nœud sur sa plus haute branche agit comme un trompe-l'œil : l'arbre observe tel un mirador le monde qui se languit à ses pieds, amusé souvent, perplexe parfois, muet toujours… Il a une vue parfaite des toits surchauffés, de l'intérieur des appartements dont il effleure les fenêtres. Il protège de son ombre salutaire les rares passants harassés de chaleur. Son œil bute parfois au détour d'une bâtisse, dont la toiture trop allongée masque une ruelle ou l'arrière-cour d'un immeuble. Il voit tant de choses dont il ne peut que garder le secret...

L'arbre est surchargé de feuilles vertes et abonde, en cette saison, d'opulentes fleurs jaunes orangées. Seules de rares feuilles ont pris une couleur rousse et se détachent alourdies par l'air étouffant, pour tomber sur le sol pavé. Lucie se demande pour quelle raison certaines de ces feuilles sont mortes bien avant les autres...

- Que se passe t-il, Lucie ?

Patrick Merisier, sur le seuil de son bureau, l'observe en train de contempler la place voisine, quasiment les mains dans les poches.

- Je me dégourdis les jambes...

Lucie est rarement rêveuse, en plus se faire prendre sur le fait... Elle regagne son bureau, sentant une légère rougeur lui monter aux joues. Elle évite le regard de Marie qui n'aura pas manqué de lancer en douce un sourire mesquin à son responsable.

Le climatiseur règne sur l'agence en dieu tout-puissant, dont semble dépendre la vie de chacun des employés. Lucie sent dans son dos son souffle rafraîchissant, ce qui ne lui enlève pas l'idée que l'air ambiant au sein de l'agence semble vicié et contamine chacun de ses collègues. Il faut bien trouver une raison à cette ambiance délétère qui lui pèse de plus en plus ! Elle constate amèrement que le malaise qu'elle ressent en venant travailler ne la quitte plus depuis quelques semaines et semble jouer sur son moral comme une mauvaise grippe.

A l'instar des employés, certains clients semblent ces temps-ci plus énervés que d'habitude. Ou est-ce la chaleur qui les rend agressifs tels des bêtes sauvages sentant venir l'orage ?Comme cet homme qui était venu dans la semaine pour déclarer un accident de voiture...

Pressé, il avait grillé une priorité, le véhicule arrivant par la droite l'avait percuté latéralement, blessant légèrement l'un de ses enfants installé à l'arrière. Incapable de se maîtriser et d'accepter le fait qu'il soit en tort, le client avait tenu tête à Lucie, contestant le malus jusqu'à ce que le ton monte irrémédiablement.

- J'aurais voulu que ce soient vos gosses dans cette voiture ! lui lança t-il en pointant du doigt la photographie de Tom et Mila posée sur le bureau de Lucie.

Se sentant agressée et dépassée, Lucie avait dû appeler son directeur pour faire entendre raison à cet adhérent malhonnête. Celui-ci avait beau être un imbécile, Lucie avait été bouleversée par cette altercation sur son lieu de travail, ne pouvant s'empêcher d'y revenir depuis avec une certaine appréhension.

Ce n'était pas tant le fait que cet homme s'en prenne à son travail qui la perturbait – les clauses des contrats étaient ainsi établies, il n'y avait pas à tergiverser sur leur application –, mais bien sur la façon dont il avait menacé ses enfants, car il s'agissait d'une menace, n'est-ce pas ? Lucie le ressentait comme tel : cet homme avait souhaité l'atteindre, la blesser par l'intermédiaire de ce qui lui était le plus cher. Bien évidemment, ils étaient sa corde sensible, son talon d'Achille et rien ne pouvait lui causer plus de mal que de s'en prendre, ne serait-ce que verbalement, à ses enfants.

Dans la poubelle de cuisine s'amoncellent les éclats du verre brisé par Tom au petit-déjeuner quelques jours plus tôt. Tout au plus le vendredi ou le jeudi précédent, mais Lucie ne parvient pas à dater précisément cet incident : cela reste étrangement flou dans son esprit, comme si ce contre-temps intempestif avait été en partie effacé ou écrasé par autre chose, une chose qui là encore demeure insaisissable.

Mais peu importe, à présent Lucie souhaite vérifier qu'il ne reste plus un morceau de verre, aussi infime soit-il sur le sol. Elle s'en voudrait si Tom ou Mila venaient à se blesser en marchant pieds nus sur un éclat. Elle inspecte scrupuleusement le sol de la cuisine en frôlant les carrelages de sa paume de main. L'odeur de nettoyant désinfectant imprègne encore les dalles bien que Lucie ait lessivé la pièce depuis plusieurs jours maintenant.

En scrutant les carreaux à quatre pattes, elle se félicite au souvenir de la réaction qu'elle avait eu ce matin-là envers Tom : « *ce n'est pas grave mais tu feras attention la prochaine fois* », lui avait-elle déclaré d'un ton ferme mais dénué de reproche, gardant pour elle l'énervement et la panique engendrés par cet imprévu. Blessé à la main après s'être précipité pour ramasser les morceaux de verre, Tom avait adopté un air désolé qui avait fait fondre Lucie. Son petit Tom, « *petit homme* » comme elle aimait l'appeler avait l'air de se rendre compte par lui-même du retard qu'avait généré sa maladresse.

Il fallait qu'elle apprenne à lui faire confiance pour qu'il grandisse, c'était dans l'ordre des choses. Il n'y avait pas d'intérêt à le gronder, à moins de vouloir provoquer une crise et des complications supplémentaires. C'est ce que leur avait fait comprendre le pédiatre : expliquer et encourager valait bien mieux que gronder. Tandis que le médecin leur commentait les effets néfastes, parfois même destructeurs d'une éducation trop autoritaire, Lucie s'était souvenue de la colère qui avait été la sienne lorsque Tom avait, après en avoir dévissé le bouchon avec curiosité pour le respirer, fait malencontreusement tomber le flacon d'eau parfumée pour bébé, offert par la marraine de Mila lors de son baptême. Devant le liquide répandu sur le plan à langer, Lucie avait explosé et invectivé son fils d'un « *File dans ta chambre* ! » au ton intransigeant.

Tom avait filé, selon l'ordre reçu, les yeux comme des perles noires que la colère faisait étinceler, dévastant au passage l'étagère de peluches de Mila. A cet instant, Lucie avait éprouvé l'envie de le secouer pour qu'il comprenne la gravité et l'irrespect de son geste, le gâchis provoqué, bien que – et elle s'en était rendu compte par la suite–, Tom ait juste agi avec un empressement qui s'était transformé en maladresse. Et cela lui arrivait régulièrement, de se précipiter avec entrain et gaieté vers sa petite sœur au risque d'être trop brusque avec elle. Lucie s'en inquiétait, avait peur qu'il la blesse malencontreusement.

Avec le recul, elle avait eu honte une fois de plus d'éprouver de la colère envers Tom, lui qui se faisait une joie de partager les moments de vie de sa petite sœur ! Lorsque Tom l'accompagnait pour assister au bain de Mila, changer la couche même s'il ne faisait que tendre la couche à Lucie, il s'intéressait à sa petite sœur, et c'était merveilleux ! Qu'avait-il dû éprouver lorsqu'elle l'avait ainsi rabroué, lui signifiant qu'il n'était plus le bienvenu auprès de Mila ?

Les yeux rivés sur le carrelage dont elle scrute chaque parcelle à la recherche du moindre éclat de verre, Lucie convoque l'image de sa propre mère, les yeux exorbités de colère, la saisissant brutalement par le bras, –elle n'est alors âgée que d'une dizaine d'années–, pour l'éloigner de sa petite cousine qui gît au sol, le genou écorché. Lucie ne l'avait pas vu arriver et n'avait pas eu le réflexe de s'écarter à temps, le pied sur le côté, prenant la pose dans une posture désinvolte. La fillette avait trébuché contre son pied et s'était étalée de tout son long sur les graviers, par sa faute, même si elle ne l'avait *pas fait exprès*. Lucie l'avait gardé pour elle mais le cœur rempli d'amertume, en avait voulu à sa mère de l'avoir ainsi réprimandée devant toute la famille, comme si ce qu'*elle* ressentait, ce sentiment d'injustice, n'avait aucune valeur par rapport à ce que ressentait cette autre enfant. Elle en avait aussi voulu à cette petite cousine d'être la cause de ses ennuis. La nuit même, elle avait rêvé qu'elle avait préparé un repas pour les membres de sa famille attablés: lorsqu'elle avait soulevé le couvercle du faitout fumant, y frémissaient les corps démembrés de ses cousins et cousines. Quel souvenir abject ! Mais qui fait prendre conscience à Lucie que le ressentiment qu'éprouve un tout-petit peut être disproportionné par rapport aux faits et entraîner une réaction potentiellement violente, un désir de vengeance insoupçonné.

Était-ce ce qu'avait ressenti Tom à l'égard de sa sœur après s'être injustement fait chasser de sa chambre ? Lucie regrette tant de s'être comportée de la sorte avec son fils, elle aurait voulu effacer cet épisode, revenir en arrière pour agir différemment avec lui.

Avec bienveillance.

Cette fois là et les autres fois où elle s'était sentie débordée, énervée et avait réagi avec colère. Elle est honteuse de cette colère transmise à son fils comme un patrimoine héréditaire vicié, une tare latente qui ressurgirait au moindre grief, lui susurrant sournoisement de se venger...

Désormais, Lucie ne peut s'empêcher d'imaginer qu'après cet incident, Tom ait souhaité qu'il arrive *quelque chose* à sa sœur, que peut-être il avait souhaité qu'elle disparaisse, qu'elle s'endorme et ne se réveille plus...

Alors qu'elle se relève après avoir sondé sans relâche le sol de la cuisine immaculé et exempt de bris de verre, Lucie songe à un détail, presque insignifiant, mais qui soudainement l'alerte. Cette crise de colère mutuelle pouvait-elle être liée aux griffures qu'elle avait quelques jours plus tard découvertes sur le visage de Mila ? Elle avait alors supposé, loin d'elle à ce moment là l'idée que Tom puisse y être pour quelque chose, que Mila s'était elle-même griffé le visage ! L'image s'est imposée d'elle-même sans que Lucie puisse la chasser : elle imagine Tom appuyant consciencieusement de son ongle sur la peau délicate du visage de sa sœur jusqu'à ce qu'un mince filet de sang apparaisse et la fasse hurler de douleur ! Puis il regagne subrepticement sa chambre en courant et fait comme si de rien n'était...

Lucie est atterrée par cette idée qui soudainement prend des proportions terribles: a-il réellement pu faire cela à sa petite sœur ? Si tel est le cas, ne serait-il pas capable de lui faire autre chose, quelque chose de bien pire ?

L'encadrement de la fenêtre à travers laquelle Lucie observe le jardin s'estompe peu à peu, elle ne voit plus que le bleu parfait de la voûte céleste.

C'est comme si, pense t-elle alors, le ciel était sur le point de l'engloutir.

Lucie se réveille allongée dans le fauteuil poire près du lit de Mila : un bruit l'extirpe d'un sommeil peu profond. Sur le tapis d'éveil gisent quelques jouets. Une petite chouette rose aux yeux démesurément grands émet un hululement enroué en tournant la tête de droite à gauche. Lucie fixe l'objet avant de comprendre qu'une fine brise provenant de la fenêtre de chambre a déclenché le mécanisme, jusque là mis en veille. Elle se lève, retourne le jouet et place le bouton marche-arrêt sur *off*. Un pâle sourire effleure ses lèvres : elle aurait dû concevoir Tom avec un bouton de ce genre, cela leur aurait permis de le mettre parfois sur pause pour souffler un peu...

Le léger courant d'air chaud provenant de la fenêtre entrouverte transporte dans son sillage des effluves de lait de toilette pour bébé, celui à la flagrance tendre et irisée qu'elle aime tant. La pièce entière en est imprégnée, comme un sanctuaire parfumé aux notes apaisantes de chèvrefeuille et de calendula. Lucie s'en applique sur les mains et les avant-bras et respire la senteur enfantine à même sa peau, les images de ses nouveau-nés blottis au creux de son cœur. La peau de Mila a la couleur des perles, si diaphane que Lucie peut suivre de ses doigts l'enchevêtrement des vaisseaux sanguins qui tels des racines de lierre se propagent et envahissent son corps pour lui insuffler la vie.

Accroché au mur, un pêle-mêle de photos souvenirs : sur l'une d'elle, Mila pointe du doigt l'objectif, tout sourire, révélant deux dents de lait nouvellement percées. Lucie sourit devant cette image qu'elle avait ajoutée tout récemment, en remplacement d'une photo plus ancienne, un peu floue, où sa fille dormait dans un cosy. Sur une autre, Mila, dans sa robe de baptême scintillante a des airs de petite chose sacrée, venue tout droit du royaume des fées...

Plus loin, sur un cliché en noir et blanc pris de biais depuis les bancs de l'église par la cousine de Cyril, Mila se tient très droite dans les bras de son père comme une poupée de porcelaine et sa robe de cérémonie blanche, a de loin l'aspect d'une serviette en papier - une serviette jetable – froissée et souillée, et à son teint pâle, son regard noir et fixe, on dirait...

Lucie en a terriblement honte, mais cette image, si sombre et qui semble venir d'une autre époque (le noir et blanc sans doute ou le costume austère que porte Cyril), lui rappelle les photographies funéraires d'autrefois... Celles où l'on mettait en scène une personne décédée au moyen d'un chevalet, sur lequel était maintenu le corps dans une position verticale, de manière à lui donner, le temps d'un ultime cliché, l'impression d'être encore en vie.

D'où lui venait la connaissance de cette pratique ? Lucie n'en a pas le moindre souvenir, elle l'a vu quelque part ou en a entendu parler et cela l'a suffisamment marquée pour qu'elle se souvienne de cet *art*, qui peut sembler effrayant et malsain mais qui à l'époque était bienveillant et réconfortant pour les familles qui venaient de perdre un être cher. Jamais avant cela ne lui était venu à l'esprit qu'existait une ressemblance entre le cliché de Mila en noir et blanc lors de son baptême et les photographies funéraires ou dites *post-mortem* réalisées au dix-neuvième siècle !

Ce cliché du baptême de Mila lui semble si obscur que c'est pourtant bien ce qu'il évoque à Lucie. Elle songe un instant à l'ôter du pêle-mêle tant cette comparaison funèbre la met mal à l'aise. Existe t-il d'autres parents au monde capables d'imaginer leur enfant mort sur une photographie ?

Le portrait suivant, en couleur, lui ravive le cœur car l'impression qui en émane est bien différente: devant l'autel de L'Église Saint-Germain, Mila, comme une icône sainte, est une étoile qui brille de mille feux. Aux yeux de tous, sa fille avait été la petite star de cette journée mémorable.

Lucie se souvient pourtant combien elle avait jugé cruelle la cérémonie de baptême : Mila, mise en confiance par la présence de sa famille, avait gratifié l'abbé d'un franc sourire avant de se voir brutalement aspergée d'eau bénite glaciale. Le choc et l'incompréhension avaient bouleversé son petit visage devenu écarlate, et Mila s'était mise à hurler d'indignation, se contorsionnant pour échapper à l'emprise de son père. Mais qu'importait sa colère puisque, pour les adultes présents, une seule chose comptait : Mila était admise dans la Grande Maison de Dieu ! Les parents de Cyril pouvaient dormir sur leurs deux oreilles : leurs petits-enfants avaient reçu la grande bénédiction !

La dernière photographie, en bas à droite du pêle-mêle représente Mila prête pour son premier jour de crèche. Lucie avait cru bon d'immortaliser ce moment. Mais la déposer en pleurs à La Ritournelle avait été un crève-cœur qu'elle avait eu du mal à se pardonner. Qu'avait-elle en tête pour abandonner ainsi son bébé âgé d'à peine deux mois à des inconnues ? Pourquoi n'avait-elle pas profité d'un congés parental pour élever son enfant jusqu'à sa scolarité ? Envisageait-elle déjà de prendre la direction de l'agence ? Avait-elle cru que s'occuper plus longuement de son enfant mettrait un frein à sa carrière ?

Tant de questions dont elle connaissait parfaitement les réponses : il était bien évidemment inenvisageable pour elle, à l'époque, de sacrifier son travail, son statut de femme active et ambitieuse au rôle exclusif de mère de famille, y compris au prix du bien-être de son enfant !

Alors qu'elle observe le regard rieur qu'affichait Mila sur ce cliché quelques heures avant de faire son entrée à la crèche, Lucie prend conscience de ce qu'implique la responsabilité parentale. S'être endettée pour l'achat d'une maison particulière avec jardin, dans une petite ville résidentielle à cinquante kilomètres de Paris, lui a coûté beaucoup plus que les mensualités d'un prêt à rembourser chaque mois pendant vingt-cinq ans ! Que les dépenses excessives commises lors de leurs vacances estivales au Cap d'Agde, auxquelles d'ailleurs Cyril aurait été incapable de renoncer, constituaient également un sacrifice bien plus que financier !

Il y avait une sorte de concurrence, de compétition avec les collègues ou amis de Cyril sur qui irait en vacances le plus loin, qui profiterait de cette période pour réaliser un maximum d'activités, qui créerait le buzz en s'octroyant une escapade hors-norme ou une sortie luxueuse ... C'est ainsi que deux ans plus tôt ils avaient déboursé une somme faramineuse pour une journée sur un yacht.

Que Lucie prenne un congés parental de trois ans pour élever Mila jusqu'à sa scolarité, de façon à lui éviter une séparation si radicale, n'était bien évidemment pas envisageable : ils ne seraient pas partis en vacances et Cyril n'aurait rien eu à raconter à ses amis.

Il aurait été *hors-compétition !*

Ils appartenaient au système voilà tout, regrette Lucie, même si elle refusait l'achat du dernier robot cuiseur multifonction, *évolutif et connectable,* que toute famille *digne de ce nom* devait, selon Marie, absolument posséder.

Lucie avait eu mal au cœur de voir ainsi Mila en larmes à l'entrée de la crèche, inconsolable d'être ainsi séparée de ses bras. Mais à bien y réfléchir, avait-elle un seul instant véritablement imaginé le désespoir ressenti par sa fille ? Ce qu'elle avait réellement éprouvé à être ainsi séparée de sa mère, tandis qu'elle, n'avait qu'une seule hâte, reprendre ses dossiers, les accumuler, les peaufiner pour que sa carrière puisse évoluer favorablement ? Lucie n'avait désormais plus que des regrets devant les heures passées au bureau pendant que sa fille répondait déjà aux injonctions sociales : *ici elle va rencontrer des tas de petits copains et copines, c'est important pour la sociabilisation.* Mila avait versé toutes les larmes de son corps puis avait fini par se résigner, comme une petite personne à la maturité exceptionnelle, qui a compris beaucoup trop tôt que la vie n'est faite que d'injustices. Mila avait accepté sans qu'on lui demande son avis de passer ses journées loin des siens, loin des êtres en qui elle avait depuis sa naissance accordé toute sa confiance.

Le regard de Lucie quitte le pêle-mêle de photographies et effleure le dessus de la commode où sont rangés les vêtements de Mila. Entre la lampe de chevet dont le socle est orné d'une licorne blanche pailletée et le lapin vert estampillé Doudou & Compagnie, se trouve une boite à bijoux ronde sertie de minuscules coquillages nacrés.

Lucie l'ouvre avec délicatesse, tremble presque, la tête lui tourne légèrement. A l'intérieur se cache un trésor. Un ruban mauve dans lequel est enroulée une fine mèche de cheveux blonds.

Le cœur de Lucie explose, tandis que la sonnerie de son téléphone portable retentit à nouveau, quelque part au rez-de-chaussée. Le boîtier s'échappe de ses doigts, roule au sol avec un bruit mat et se terre sous la commode.

Décidément, ce n'est pas son jour avec ce téléphone ! Au moins elle sait qu'il est en-bas, elle n'aura qu'à le chercher après être redescendue et rappeler son correspondant une bonne fois pour toutes !

Le cœur battant encore trop fort, Lucie s'agenouille sur le parquet et se penche pour regarder sous la commode de Mila : en roulant, le coffret aurait dû se loger sous le meuble, buter contre le mur, et rester coincé là immobile jusqu'à ce qu'elle le récupère.

Mais rien ne se cache sous la commode, ni boite à bijoux, ni ruban contenant de mèche de cheveux. Ni même mouton de poussière ou autre infime saleté. Lucie se penche un peu plus jusqu'à frôler de son nez le sol immaculé, d'où se dégage lui semble t-il, une légère odeur de javel. Elle ne nettoyait pas les chambres au javel, encore moins un parquet en lamelles stratifiées ! Seul le rez-de-chaussée avait droit à ce traitement, un lessivage sur deux, et à cause de Bouba uniquement, car Lucie sait bien qu'un environnement trop aseptisé n'est bon ni pour la santé ni pour l'écologie.

Alors pour quelle raison la chambre de Mila avait-elle été nettoyée au javel ? Elle ne s'en souvenait pas. Peut-être Cyril avait-il renversé quelque chose et avait oublié de lui en parler ?

Tout cela ne lui expliquait pas la disparition de la boite à souvenirs: elle avait cru la voir rouler sous la commode, mais s'était visiblement trompée. Lucie la cherche encore une minute ou deux, sous le lit, derrière les bacs de jouets, sans succès. La sensation de l'avoir tenue entre les mains s'estompe rapidement, le petit coffret lui semble désormais lointain, presque irréel : l'a t-elle réellement tenu dans ses mains quelques minutes plus tôt ou l'a t-elle rêvé ? Il est insensé de croire un instant être en train de faire quelque chose et les secondes qui suivent s'imaginer qu'on l'a rêvé ! C'est pourtant la seule explication que trouve Lucie au fait que cette petite boite à souvenirs ait disparu de la chambre.

Avant de redescendre au rez-de-chaussée (elle doit se mettre en quête du téléphone), Lucie se saisit d'une panière à linge et rassemble quelques vêtements éparpillés dans les chambres de Tom et Mila.

Ses doigts frémissent sous la douceur des tissus, et elle ne peut résister à l'envie de plonger son visage dans le pêle-mêle de t-shirts et de bodys : un parfum d'herbe humide et de sucre s'élève alors comme la fraîcheur délicate d'une source à la lueur de l'aube.

Combien de fois avait-elle déjà éprouvé le besoin de respirer l'odeur de ses enfants ? Comme pour s'assurer de leur réalité... Comme si le désordre des chambres, l'amoncellement de vêtements usagés, les jouets éparpillés ne constituaient pas une preuve suffisante de leur existence. Non, elle devait les sentir, les respirer... mais avec retenue... Avec délicatesse de peur que, si elle les respirait trop fort, ils ne s'évaporent...

Elle enfourne le tas de vêtements dans la machine à laver, non sans avoir auparavant administré quelques gouttes de détachants sur des traces de chocolat, ancrées spécifiquement sur les bords des poignets de pyjamas, ou autres souillures aux relents âcres de soupe à la tomate.

Lorsque le programme démarre et que le linge derrière le hublot entre dans une ronde folle, Lucie a le sentiment impalpable que quelque chose lui échappe.

Une impression étrange qui stagne dans l'air ambiant, comme lorsque l'on sait qu'un objet n'est pas à sa place ou ne l'est plus. Ou comme lorsque l'on éprouve le sentiment d'avoir perdu quelque chose, une chose dont on n'avait pas jusque là saisi la véritable valeur.

Quelque chose a changé dans sa vie, elle en est sûre. Même si elle est incapable de déterminer précisément ce qui ne va pas, de mettre le doigt sur cette anomalie. Cette chose est pourtant envahissante, elle semble avoir pris possession de la maison où les légumes pourrissent trop vite, où les objets disparaissent...

Lucie est persuadée que ce changement a également lieu dans son propre corps, où son cœur, plongé dans une mélancolie asphyxiante, peine à continuer de battre.

Peut-être a t-elle ramené cette chose de l'agence ? Peut-être cette anomalie ou cette maladie proviennent-elles de l'air vicié du climatiseur ?

Lucie plie le linge de Mila avant de le ranger dans la commode, elle compte les bodys, les ensembles shorts /t-shirts, robes et salopettes : il ne s'agit pas d'oublier d'en laver et de se trouver à court de vêtements comme cela lui était déjà arrivé une fois. Elle se souvient de la honte éprouvée lorsqu'elle avait dû, un matin, remettre le body de la veille sur le corps de sa fille avant de partir à la crèche, tout cela parce qu'elle avait une lessive en retard et ne s'était pas rendu compte qu'il n'y avait plus de body en réserve... Quel genre de mère est-elle pour se laisser ainsi déborder par le quotidien ? Un souvenir cuisant en appelle un autre : alors que Tom faisait depuis peu ses tout premiers pas, elle l'avait un matin emmené en garderie avec les chaussures inversées : à croire que par un acte manqué elle avait voulu le faire régresser à l'état de nourrisson pour éviter d'avoir à lui courir après car tout petit déjà, Tom était turbulent...

Lucie se laisse envahir par une sourde angoisse devant la pile de linge qui menace de s'écrouler : elle repense subitement au manteau de Tom qu'elle avait été incapable de retrouver un soir parmi les multiples petites vestes accrochées aux porte-manteaux de la crèche. Alors que les assistantes maternelles s'étaient toutes mises en œuvre pour retrouver le manteau, Lucie avait eu beau tenter de se souvenir de la couleur du vêtement, son esprit était resté embourbé dans les tracas professionnels de la journée : Tom avait trois vestes de couleurs différentes et elle était incapable de se souvenir de celle portée par son fils le matin même. Après avoir passé en revue chacun des blousons présents dans l'entrée de la garderie, ils avaient réussi au terme de précieuses minutes à retrouver celui appartenant à Tom. Lucie était repartie, confuse, maudissant son étourderie.

Lorsqu'elle avait raconté le soir même l'épisode à Cyril, l'expression qu'affichait le visage de son mari en disait long sur le jugement qu'il lui portait.

A ce moment là peut-être Lucie aurait dû comprendre qu'elle n'était pas faite pour être mère…

Comment avait-elle pu croire un seul instant que suivre les idées préconçues transmises de génération en génération, telles que l'importance vitale du rot ou du contact peau à peau, lui suffiraient à faire en sorte d'aimer et de protéger ses enfants ? Pensait-elle réellement que croire en une succession de clichés, – *les repas de bébé sont plus nutritifs et équilibrés s'ils sont préparés maison* ou *tout se joue avant l'âge de six ans* – suffirait à faire d'elle une mère parfaite ?

N'avait-elle pas cherché à se remettre en question, elle qui croyait au départ que l'on ne devait pas laisser bébé pleurer seul dans son berceau au moment de l'endormissement ? Une question dont la réponse fluctuait au gré des modes et des études de chercheurs américains supplantant volontiers le cœur des mères, mais dont Lucie avait finalement suivi les préceptes en laissant à regret ses enfants à leur chagrin, quelques minutes et pas plus d'un quart d'heure avant de les reprendre dans ses bras, tant coupable de les avoir laissés pleurer que soulagée de ne plus entendre leurs cris mais également contrariée d'être encore et toujours soumise à leur tyrannie. Elle avait ressenti un flot d'émotions si contradictoire et perturbant qu'elle en avait un peu plus perdu confiance en elle.

Mila devait avoir trois mois lorsque Lucie l'avait présentée au médecin pour des coliques persistantes depuis quelques jours. Le généraliste s'était étonné de découvrir à l'intérieur de sa bouche des traces blanchâtres formées par le muguet buccal, cette infection dont Lucie avait pourtant entendu parler sans s'imaginer que sa fille pourrait un jour en souffrir. Le manque d'appétit de son bébé n'était pas lié à des douleurs intestinales mais à ce champignon qui avait envahi sa bouche. Amère, Lucie s'était jugée inapte à s'occuper de Mila : elle avait dû vivre momentanément dans un univers parallèle pour confondre ces plaques infectieuses avec des dépôts de lait !

Toutes les mères ont peur de mal faire et Lucie sait que d'autres ne font pas mieux qu'elle, voire pire. Une de ses amies a oublié d'attacher son bébé dans le siège-auto et s'en est aperçu après avoir roulé quinze kilomètres ! L'une des clientes de l'agence lui a un jour confié laisser seul à la maison son enfant de cinq ans pendant les vacances scolaires : pas de famille proche ni les moyens de l'inscrire en centre de loisirs ! Derrière la façade de mère parfaite qu'elle affiche en toutes circonstances, et en dépit de ses remarques intrusives, de ses conseils moralisateurs, Ewelina sa belle sœur n'est pas en reste en matière de négligence parentale. Elle en est même un exemple édifiant.

De nombreuses années après ce qui aurait pu devenir un véritable drame, Ewelina avait avoué sans plus de détours, lors d'une discussion familiale avec les parents de Cyril, que son aîné, Maxime, à peine âgé de dix-huit mois, avait un jour gravi seul les marches de l'escalier alors qu'elle était en bas, les bras encombrés de sacs de course. Ewelina aurait dû mettre son fils en sécurité avant de s'occuper d'autre chose, mais au lieu de cela, l'avait regardé grimper les escaliers en lui criant de l'attendre. Sachant à peine marcher, il avait perdu l'équilibre et était tombé, rebondissant sur plusieurs marches en se cognant la tête à plusieurs reprises. La chute aurait pu être dramatique mais l'enfant s'était relevé, indemne. Ewelina aurait alors dû immédiatement conduire son fils aux urgences pour le faire examiner mais avait préféré prier pour qu'il n'ait pas de séquelles. Consciente de sa bonne étoile, elle avait gardé pour elle cet incident pour lequel elle avoua par la suite avoir ressenti une intense culpabilité.

Lucie n'en a pas fini avec ces réminiscences, l'irresponsabilité des autres ne doit pas masquer la sienne.

Être mère et blesser son enfant en lui coupant les ongles. Utiliser un coupe-ongle pour adulte au lieu d'une paire de ciseaux pour bébé à bouts arrondis lui avait valu d'entailler la chair du pouce de Tom, laissant une plaie à vif. Elle avait de cette façon blessé son enfant, provoquant une crise de hurlements intempestifs qui lui avait broyé le cœur. Elle avait serré Tom contre elle et lorsque les battements de cœur de son enfant s'étaient enfin apaisés, les siens avaient repris de plus belle tant elle éprouvait de remords. Comme elle s'en était voulu par la suite, gardant cet épisode pour elle, en se disant qu'elle était la seule à commettre de telles erreurs. Et qu'il fallait surtout que personne ne le sache. Sinon... on la jugerait probablement incapable de s'occuper correctement de son bébé. On la considérerait peut-être comme trop immature pour cela.

Bien évidemment, elle n'avait pas à expliquer cet incident ni à rendre des comptes à quiconque sur la façon dont elle s'occupait de ses enfants mais la honte est un sentiment dont il est très difficile de se débarrasser et qui suinte des corps comme une sueur malsaine. Lorsque l'on ressent de la honte, on est coupable forcément, et si Mila ou Tom tombent malades, c'est la faute de Lucie et non celle de son mari. Elle ne les avait pas suffisamment couverts, les avait trop, mal, voire pas assez nourris, leur avait donné trop de gâteau pour le goûter ou avait laissé sortir Tom dans le jardin alors qu'il faisait un peu trop frais.

« *Je fais aussi bien que possible* » répondait Lucie inlassablement à chaque fois que Cyril sous-entendait qu'elle ne faisait pas ce qu'il fallait avec les enfants.

Assurément, elle ne pouvait être que responsable puisque dans son couple, elle était la seule à s'en occuper.

Pendant la sieste de Mila, Lucie, épuisée, s'est elle aussi assoupie dans le sofa du salon, sur la couverture gris-taupe si moelleuse. Au réveil, elle laisse échapper un bâillement et regarde par la fenêtre. Le ciel est à peine dissimulé par une fine couche de coton comme ces voiles dont on recouvre certaines plantes potagères pour les protéger des intempéries. Comme si ces fins nuages pouvaient préserver la terre de rayons solaires trop brûlants ! Lucie fixe le ciel qu'aucun oiseau ne vient perturber. Au-delà de l'apathie qu'elle provoque, la chaleur a quelque chose de menaçant, comme si le monde dans une grande marmite se mettait à chauffer d'abord doucement puis ardemment jusqu'à bouillir et exploser comme un volcan.

Au centre du jardin trône, tel un emblème, le toboggan rouge reçu par Tom pour son dernier anniversaire. Il fait figure d'œuvre monumentale dans un jardin si petit, et semble crier aux voisins guindés *Ne vous y trompez pas, ici les enfants sont rois!* La piscine gonflable et le bac à sable gisent éventrés au milieu de jeux divers éparpillés sur la pelouse.

Alors qu'elle contemple le capharnaüm de son jardin, Lucie croit apercevoir dans le contre-jour une ombre furtive en haut de l'échelle, une ombre comme une petite personne, une *toute* petite personne, qui bascule et chute de l'autre côté du toboggan. Une fraction de seconde plus tard et Lucie est persuadée qu'il s'agit de Mila qui a quitté son lit, est descendue sans bruit pendant que Lucie dormait et s'est faufilée à l'extérieur. Lucie se précipite pieds nus sur le carrelage du salon, puis sur la chape bétonnée de la buanderie et sort en trombe par la porte de service. Lucie sait pourtant que Mila est trop petite pour grimper à l'échelle, parvient à peine à descendre les escaliers sur les fesses et n'arrive pas à ouvrir les barrières de sécurité placées l'une en haut et l'autre en bas des marches...

Lucie contourne le toboggan, plusieurs fois comme si elle jouait à cache-cache d'abord en courant puis plus lentement. Il n'y a personne. Elle scrute la haie de lauriers dans laquelle sa fille pourrait se cacher. Son cœur bat la chamade, le soleil l'étreint violemment, elle en a le tournis. Elle plaque ses doigts sur sa bouche, perplexe, se rendant compte de l'incongruité de la situation. Elle avait cru voir sa fille mais il s'agissait plus vraisemblablement d'un oiseau ou à la rigueur d'un chat acrobate... peut-être le petit chat noir qui vivait dans le voisinage et qui traversait régulièrement leur jardin au risque de se faire poursuivre par Bouba ?

Lucie reprend ses esprits, peut-être a-t-elle rêvé tout simplement ? L'air est brûlant et insupportable. Est-ce cette chaleur qui la rend paranoïaque ou quelqu'un l'observe en ce moment même, quelque part ? Lucie a cette impression qu'un regard ou des regards sont posés sur elle, la scrutent alors qu'elle a un comportement incompréhensible et ridicule : courir seule comme une folle autour d'un toboggan ! Elle relève la tête vers une fenêtre à l'étage de la maison voisine, qui donne directement dans son jardin. Le store est baissé, rien ne bouge à l'intérieur. Elle observe une dernière fois la haie de lauriers tandis que le soleil semble lui brûler le crâne.

Lucie rebrousse chemin et rentre dans la maison, claquant derrière elle la porte de la buanderie.

Il lui arrive parfois de s'imaginer des choses et de s'affoler pour rien comme cette mésaventure qu'elle omettra volontairement de raconter à Cyril. Inutile qu'il en rajoute et se moque d'elle comme si elle perdait la tête. Comme le jour où elle avait entendu à la radio qu'un carambolage avait eu lieu sur l'autoroute, précisément celle qu'empruntait Cyril pour se rendre au travail et à l'heure à laquelle il aurait pu s'y trouver. Lucie s'était immédiatement imaginée que son mari pouvait faire partie des victimes et s'était précipitée sur son téléphone. Elle avait eu la présence d'esprit de patienter avant d'appeler, au moins jusqu'à l'heure où Cyril devait arriver au travail, pour que, au cas où il aille bien, il n'ait pas à répondre en conduisant. Bien qu'il soit équipé d'un kit main-libre, Lucie savait que la moindre distraction au volant pouvait être fatale. Elle voyait suffisamment souvent ce genre de situation dans son métier pour en être bien consciente.

Ce jour là, Cyril n'avait pas été impliqué dans l'accident car il était passé à cet endroit avant l'heure de la collision, mais il s'était ouvertement moqué d'elle lorsqu'elle était parvenue à le joindre. Elle avait entendu des rires en écho à ses paroles, reprises à voix haute par son époux :

« Si je n'ai pas eu d'accident de voiture ? Mais Lucie tu déconnes ! Tu entends un fait divers à la radio et tu t'imagines que je suis concerné ! ».

La contrariété était perceptible dans la voix de son mari. Bien évidemment elle le dérangeait pour des bêtises alors qu'il était au travail. Mais il avait bien dû entendre à sa voix qu'elle était bouleversée et anxieuse ! Il aurait au moins pu être sensible à son inquiétude et la rassurer, lui témoigner un semblant de considération. Au contraire, il avait préféré la ridiculiser.

Comment interpréter ces gloussements féminins qu'elle avait entendus dans le téléphone ? Étaient-ils vraiment liés à la conversation qu'elle entretenait avec son mari ou n'avaient-ils rien à voir avec cela ? Étaient-ce des rires moqueurs de collègues imaginant Lucie en épouse modèle qui aime et couve son mari comme une mère-poule, comme ces femmes au foyer des années cinquante, dont l'existence même se résumait à prendre soin des siens, et qui terminaient leur vie, seules à ressasser les moments noirs de leur existence ? Elle avait eu si honte d'être ainsi jugée par des personnes qui la connaissaient si peu qu'elle prenait garde désormais à se contrôler, à ne plus manifester son inquiétude aussi spontanément.

Elle prit l'habitude de garder pour elle tout sentiment qui pourrait paraître excessif aux autres. Peu importe si elle était incomprise et si ce qu'elle ressentait intimement, la crainte immense qu'il arrive malheur aux êtres qui lui sont chers, l'envahisse et la paralyse. Elle avait toujours été de nature angoissée, d'aussi loin que remontent ses souvenirs, et c'était une chose qu'en général ses proches ne percevaient pas tant elle savait masquer ses doutes, mais parfois l'inquiétude était telle que Lucie perdait ses moyens, se fermait aux autres et sombrait dans une crise de panique intérieure, violente et muette.

Cyril se montrait volontiers vexant lorsqu'il sentait Lucie débordée par ses émotions. Il manquait de patience et d'empathie à son égard alors que la gestion de leur quotidien reposait en grande partie sur les épaules de Lucie. Était-ce dû au stress du travail, à la lassitude de leur vie de couple sur laquelle empiétait largement le temps consacré à leurs deux enfants ? Il était différent de l'homme qu'elle avait rencontré dix ans plus tôt, il avait gagné en confiance en soi, en prestance mais au détriment des autres qu'il avait tendance à ignorer... voire même à mépriser. Son homme, si prévenant et agréable à vivre durant leurs premières années de vie commune, devenait une personne hautaine, qui dénigre ses semblables, reconnut Lucie, amère. Elle le trouvait même parfois arrogant.

Il n'avait pas la moindre idée de l'énergie qu'elle pouvait dépenser pour que le foyer qu'ils avaient fondé *ensemble* tourne rond, mais lorsqu'il rentrait le soir il aimait contrôler les tâches effectuées et superviser celles à venir, comme si Lucie avait besoin qu'on la gouverne ! Et puis, à quel moment Lucie aurait-elle pu effectuer ces tâches puisqu'elle passait ses journées à l'agence ? Seul Cyril qui, – elle s'en rendait compte maintenant –, vivait dans un monde à part, pouvait s'imaginer qu'elle avait le temps dans la journée de couper les rosiers, faire les comptes, emmener le chien au vétérinaire pour un kyste qu'il semblait développer dans le cou, et nettoyer le vélo de Tom encrassé de boue depuis une sortie printanière sous la pluie. Lucie avait beau lui répéter qu'ils auraient le temps *ensemble* un week-end ou un autre de se charger de tout cela, mais le week-end venu Cyril ajoutait à cette liste d'autres idées de choses à faire, plus ou moins urgentes, dont il effectuait néanmoins une partie, car il n'était pas non plus du genre à passer le week-end allongé dans le canapé... Lucie aurait aimé qu'ils passent du temps *ensemble*, en loisirs, à profiter des enfants !

Mais autant se taire puisqu'elle n'était pas écoutée.

Le matin même Lucie n'avait pas souvenir du réveil de Cyril : elle devait probablement dormir profondément, sûrement épuisée par la succession de nuits trop chaudes, pour ne pas entendre non plus l'écoulement de l'eau pendant la douche de son mari. C'était la première fois en six ans qu'elle ne se réveillait pas pour s'occuper de son fils. Même lorsqu'il lui arrivait de prendre une journée de Rtt, elle se levait toujours pour l'aider à s'habiller, lui préparer son petit-déjeuner avant que Cyril l'emmène à l'école. Elle n'avait jamais songé à les laisser se débrouiller seuls et à profiter d'une grasse matinée (jusqu'au réveil de Mila) qu'elle aurait toutefois bien méritée.

Loin d'elle l'idée de prétendre être à la hauteur, encore moins d'être la « *super maman* », la femme parfaite si tendance, ultra performante tant auprès des enfants, du mari, de la maison et du boulot, idéalisée par les médias et les réseaux sociaux. A en croire les clichés véhiculés par la société dans laquelle elle évoluait, être mère relevait de la performance.

Lucie voulait juste garder la tête hors de l'eau. Pour cela elle élaborait des listes de choses à faire dans l'heure qui suit, dans la journée ou dans le mois à venir, au mieux d'ici trois mois. Impossible d'oublier, croyait-elle lorsque l'on biffait chaque tâche effectuée. Mais la méthode, si elle était parfois satisfaisante, était le plus souvent angoissante : comment réaliser en un laps de temps toujours trop court une liste de choses toujours plus longue ? Il s'agissait d' « *une question de priorité* » comme lui répétaient sa mère et l'une de ses tantes, assistante maternelle bien au faite de la question. Mais entre les repas à préparer, les devoirs de Tom, le bain des enfants, il n'y avait pas de priorité. Il lui fallait avoir un temps d'avance sur tout, anticiper chaque événement, chaque sortie avec les enfants.

En plus des charges administratives qui reposaient sur Lucie, payer les factures, s'occuper des inscriptions des enfants, des prises de rendez-vous chez le médecin et des impôts... Elle se trouvait désormais en charge du « dossier Tom ». Elle qui aurait aimé prendre plus de temps avec ses enfants, se sentait submergée. A quoi bon les mettre au monde et les élever correctement si on ne pouvait pas profiter de leur présence ? Mais elle n'avait pas le droit de se plaindre : d'autres ne parvenaient pas à avoir d'enfant, certains étaient gravement malades, tandis que le sien était juste turbulent et Mila quant à elle se portait comme un charme. Elle culpabilisait tant devant les troubles de Tom, devant ses propres réactions qui jusque là, reconnaissait-elle étaient inadaptées.

Bien évidemment, elle aurait voulu que Cyril s'implique plus. S'il répondait présent lorsqu'elle lui demandait de faire quelque chose, Lucie regrettait qu'il ne s'investisse pas plus que cela et de son propre chef dans leur vie de famille. Mais elle devait bien le reconnaître, c'était en grande partie sa faute si son mari ne s'engageait pas plus dans leur vie quotidienne. Lucie avait fait ses propres choix, inutile d'en vouloir à Cyril : elle était responsable d'en être arrivée à ce stade, de s'être ainsi laissée dépasser par le quotidien. Elle avait souhaité assumer seule cette charge mentale disproportionnée, sinon pense t-elle, elle aurait réagi plus tôt. Il lui aurait suffi de dire stop, de rééquilibrer les choses, de réinvestir son mari dans la vie de famille, de reléguer certaines prétendues obligations à plus tard ou de s'en moquer pour de bon. Elle n'avait pas voulu entrer en conflit avec Cyril, ne souhaitant pas ajouter à la tension déjà présente au sein du foyer.

Comment aimer les siens, si ce n'est en minimisant, en calfeutrant ses sentiments négatifs, puisant dans son abnégation l'amour inconditionnel qu'elle leur porte et qui lui brûle les veines ?

Lucie perçoit un bruit à l'étage. Pas grand-chose, un bruissement ou un gémissement ténu. Peut-être Mila se réveille-t-elle déjà ? En général, Lucie préfère la laisser dormir jusqu'à une certaine heure pour éviter qu'elle soit grognon en fin d'après-midi. Elle ôte ses ballerines au pied de l'escalier pour limiter les plaintes du bois. Sur le palier, elle entrebâille la porte silencieusement et écoute. Le sang bourdonne dans ses oreilles. La clenche métallique qu'elle tient dans la main lui semble froide, glaciale, et ce froid cuisant remonte le long de son bras comme la tige d'une plante envahie par le gel.

Elle a si souvent éprouvé cette angoisse de trouver Mila inanimée dans son petit lit.

La mort subite, inexplicable des nourrissons… D'où lui venait cette peur qu'elle n'avait pas éprouvé pour Tom, son aîné ?

Une petite voix, fluette mais gonflée de remords, lui souffle que Mila aurait pu ressentir un manque… Ne pas se sentir suffisamment aimée tant ses parents devaient être présents pour Tom… Elle aurait pu ne pas trouver sa place, aux côtés de ce grand frère au caractère si prépondérant… Comme si sa place à elle était celle d'un astre à jamais obstrué par la lumière d'un autre…

Et vouloir s'en aller sur la pointe des pieds, sans bruit, dans son sommeil…

Lucie a la gorge qui se noue. Elle se souvient que lorsqu'elle était enceinte de Mila, ses sentiments envers ce bébé n'étaient pas ce qu'ils auraient dû être… Tom la vidait de son énergie, et Lucie ne voulait pas sentir le poids de Mila dans son corps, c'était trop… Pourtant ils l'avaient désiré cette petite fille, calculée pour sceller leur amour et former une fratrie pour que Tom et Mila puissent compter l'un sur l'autre dans la vie.

Les larmes roulent sur les joues de Lucie, elle s'effondre sur le palier, remonte ses genoux jusqu'au menton, se recroqueville comme si elle aussi en était à ce stade d'embryon encore préservé de la vie.

N'avait-elle jamais songé, un seul instant, à avorter de Mila ?

N'avait –elle pas, un soir d'épuisement comme tant d'autres, souhaité qu'il se passe quelque chose ?

Qu'il se passe quelque chose… Un souhait si souvent éprouvé par le passé, au travail, à la maison, et y compris dans sa jeunesse, lorsque, mélancolique, elle trouvait son existence ennuyeuse et inutile, alors qu'elle avait l'avenir devant elle et tout pour être heureuse… Ne se disait-elle pas qu'un événement dramatique pourrait bouleverser sa vie de façon positive ? Elle allait jusqu'à se convaincre qu'avoir un accident et se retrouver en fauteuil roulant lui donnerait le sens des réalités, la ferait réagir et apprécier la vie à sa juste valeur.

Elle souhaitait éprouver quelque chose qui agisse sur elle comme un électrochoc.

La veille au soir, ou un soir précédent dans la semaine, -Lucie ne sait plus très bien tant la chaleur permanente les plonge dans des jours sans fin-, bien après le coucher des enfants en tout cas, alors que Cyril était plongé dans le visionnage d'une série américaine, Lucie songeait à Mila, à ce bébé parfait qu'elle n'avait pas toujours désiré. Mais peu importait le fait qu'elle l'ait ou non désirée, elle aimait Mila plus que tout...

Certaines de ses amies ou connaissances qui n'avaient pas échappé à un divorce regrettaient le fait d'être mères. Comment pouvait-on *regretter être mère* ? Elles regrettaient l'insouciance de leur célibat, leur liberté définitivement perdue *à cause* de leur enfant. Non pas qu'elles regrettaient avoir eu un enfant avec le mari qui avait été le leur, peut-être un salaud, volage ou irresponsable, non ! Elles regrettaient purement et simplement le fait d'être devenues mères. Lucie trouvait cela extrêmement égoïste, et cruel. Pour rien au monde elle ne regretterait avoir donné naissance à ses enfants, que ce soit Tom ou Mila. Leur vie familiale comportait son lot de désagréments et de soucis quotidiens mais Lucie ne s'imaginait plus vivre sans ses enfants, à quoi ressemblerait son univers sans le regard rieur de Mila et les facéties de Tom ? Elle et Cyril serait-ils au moins encore ensemble ? Rien ne semble moins sûr après huit ans de mariage et des centres d'intérêts de plus en plus divergents.

De temps libre, Lucie en avait peu, elle aurait d'ailleurs tendance à dire qu'elle le consacrait principalement à ses enfants, encore et toujours mais pour des choses plus légères que le quotidien qui la ramenaient elle aussi en enfance : jouer aux jeux de société pour tout-petits, dessiner ou leur raconter des histoires en s'amusant, la satisfaisaient pleinement, croyait-elle. Cyril quant à lui pratiquait le squash à ses heures perdues ainsi que la natation en club. Lucie avait conscience qu'ils étaient de moins en moins proches l'un et l'autre.

Alors qu'à l'écran une horde de zombies prenait d'assaut un centre commercial, Lucie se demandait si Cyril avait véritablement souhaité devenir père ou bien s'il avait voulu fonder une famille par défi, comme pour le yacht, le pavillon indépendant dans une banlieue résidentielle et l'Audi classe C qu'il conduisait fièrement pour se rendre au travail. Le pack épouse-enfants-chien venait-il en complément du pack pavillon-berline ?

Ou cela avait-il réellement un sens pour lui de fonder une famille ? Lucie et les enfants comptaient-ils au moins autant pour lui que toutes ces choses matérielles qu'il aimait étaler aux yeux de tous ? Elle aurait aimé lui poser la question mais se serait bien évidemment rendue ridicule. D'autres l'auraient fait sans hésiter, mais selon Lucie rien de tel pour faire fuir un homme que de lui poser ce genre de questions qui ressemblaient aux interrogations dignes d'une adolescente en manque de confiance en soi.

Lucie ne manque pourtant pas d'interrogations au sujet de son mari, c'est à croire que la chaleur emprisonne les doutes et provoque leur propagation tout comme elle favorise le développement des bactéries.

Des questions, elle en a mille et pas la moindre certitude quant à leur fondement réel ou non. Lucie se sait *éprise* de ses enfants, ils sont toute sa vie. Tout le monde s'en rend compte, ça crève les yeux. Tout comme le fait que Cyril soit passé au second plan depuis la naissance de Tom, mais rien de plus normal à cela ! Un homme ne peut tout de même pas être jaloux de l'amour que sa femme porte à leur fils et du temps qu'elle accorde à leurs enfants ?

Pourtant Lucie prend peu à peu conscience de la distance qui les sépare désormais. Un éloignement sentimental et physique auquel elle n'a d'abord pas prêté attention. Mais qui à la longue s'est installé insidieusement entre eux.

Et voilà qu'elle doute maintenant de lui. De sa fidélité.

Son portable bloqué, son ordinateur protégé par mot de passe, Lucie n'a pas moyen de s'immiscer dans son intimité... Comment en arrivait-elle à penser une chose pareille puisque ce devait être *elle*, son intimité !

Reste t-il vraiment jusque dix neuf heures à son bureau tous les soirs? Là non plus, elle n'a pas moyen de le vérifier. Et si elle lui demandait au moins une fois par semaine de conduire Tom à un rendez-vous médical, il serait bien obligé de s'adapter, n'est-ce pas ? Il ne la laisserait tout de même pas se débrouiller toute seule avec les deux enfants, faire l'aller-retour jusque Evry... alors que lui prenait du bon temps, avec une autre femme ?

Alors qu'elle s'affaire dans la cuisine, Lucie entend un bruit qu'elle identifie rapidement en dépit de son caractère improbable : celui de la porte d'entrée qui s'ouvre lentement.

Est-il possible que Cyril soit déjà de retour ? Quelle heure était-il ?

Quatorze heures tout au plus?

A moins d'avoir un problème, pour quelle raison rentrerait-il à la maison à cette heure-ci ? Lucie regarde sa montre en se dirigeant vers l'entrée : il est onze heures quinze ! C'est incompréhensible, pense t-elle, sa montre a dû s'arrêter !

Lorsque Lucie relève la tête, son cœur fait un bond dans sa poitrine : un homme se tient dans l'encablure de la porte d'entrée.

La porte est normalement fermée à clé, elle ne peut pas être *autrement* que fermée à clé ! Comment est-il entré ? Il n'a pas sonné... à moins que la sonnette ne fonctionne plus ! Mais dans ce cas, avant d'entrer, il aurait dû frapper !

Lucie ne fait plus un pas, l'homme reste également immobile, sans faire mine d'avancer. Elle le regarde fixement en se demandant ce qu'il fait là, ce qu'il lui veut ! Elle s'imagine courir jusqu'à la cuisine, s'emparer d'un couteau pour se défendre. Mais en aurait-elle le temps ?

- Madame Vernois ?

La voix de cet homme lui semble altérée, étouffée comme si la chaleur à l'instar de l'eau provoquait un effet isolant sur les sons : la terminaison de son nom s'étend comme si le *oi* était décuplé, ce qui provoque un étrange effet irréel.

- Madame Vernooiis, reprend l'inconnu qui affiche une mine étonnamment charitable. Avec cette chaleur, nous tenons à ce que vous vous hydratiez cooorrectement. Voici votre réserve, ajoute t-il en montrant du doigt quelque chose posé à même le sol. N'ooubliiez pas de booiiire régulièrement.

Lucie suit son geste des yeux. Deux packs d'eau s'alignent dans l'entrée.

Le livreur lui a déjà tourné le dos et redescend l'allée à vive allure.

- Mais qui êtes vous ?

L'homme s'arrête, esquisse un pas en arrière et se retourne vers elle, un sourire bienveillant aux lèvres.

- Le... (un mot est étouffée)... Landrieu y tient beaucoup, ajoute t-il en désignant de nouveau les bouteilles. -

- Qu'avez vous dit ? Attendez !

L'homme a déjà disparu derrière la haie, laissant Lucie interloquée.

Qu'avait-il dit ? Landrieu ?

Ce nom lui évoque quelque chose mais cela reste vague. Peut-être une personnalité municipale. La mairie de Ferrière aurait-elle décidé en cette période caniculaire de faire livrer des packs d'eau aux habitants ? Est-ce réaliste ? Jamais elle n'avait entendu parler d'une telle mesure ! Des élections municipales devaient avoir lieu prochainement, était-ce une tactique pour séduire la population ? Si elle retrouvait ce fichu téléphone elle pourrait se renseigner et aurait moins l'impression d'être totalement ridicule, ainsi plantée sur le pas de sa porte avec ces packs d'eau dont elle ne savait que faire ! Elle n'avait pas quatre-vingt dix ans et n'était pas grabataire pour qu'on vienne ainsi lui livrer de l'eau à domicile ! Était-ce une arnaque ? Et si elle trouvait une facture exorbitante venue d'on ne sait quel organisme dans sa boite aux lettres ? Lucie n'avait pas entendu de bruit de moteur, le livreur avait-il garé sa camionnette plus loin dans la rue le temps pour lui de desservir plusieurs maisons ?

Elle s'apprête à s'élancer dans l'allée pour en avoir le cœur net mais prise d'un vertige violent, elle doit se retenir au chambranle pour ne pas s'effondrer. Elle referme rapidement la porte avant de se précipiter aux toilettes, prise de nausées.

Lucie rêve trop : des rêves malsains qui ont l'allure de cauchemars perturbent ses nuits. Parfois elle ne sait pas s'il agit d'un rêve ou d'une réalité.

Elle oublie, se rendort. Ou monte doucement dans la chambre de sa fille pour s'assurer qu'elle dort paisiblement. Elle avance à tâtons dans la pénombre, évite les ombres qui menacent de l'engloutir, se penche sur le lit qu'elle découvre vide. Elle passe la main sur les draps, s'attend à les trouver tièdes, mais ils sont froids, froids comme la mort, à jamais privés de chaleur, comme un nid déserté et battu aux vents.

Lucie ouvre la bouche pour hurler mais les sons restent prisonniers de ses cordes vocales. Alors, tout en sachant que cela n'a aucun sens, Lucie remet en cause l'existence de Mila.

A-t-elle vraiment été là, pendant un an ou deux ? Ou était-elle juste une chimère ? Un songe, une envie, un désir, un caprice ?

Ou bien était-elle une partie d'elle-même, de son propre corps ? Un morceau de soi à évacuer, destiné aux déchets, comme cette poche de placenta ensanglantée, qui un matin avait glissé de son utérus et s'était dissous dans la bonde de douche, peu de temps après son retour de la maternité ?

D'autres rêves l'assaillent.

Lucie rampe dans un tunnel sombre et humide.

Une chaleur douce l'enveloppe.

Les parois ocres, gluantes, qui l'étouffent presque, semblent mues par une lente respiration. Le corps qui l'entoure est...animal. Peut-être a t-elle été engloutie par une baleine qui va la recracher par son évent ?... C'est ce qui était arrivé à Dory et à Marin le père de Némo, non ?

Au bout du tunnel, une lumière, enfin. Vive, douloureuse, accompagnée d'une brise fraîche, vivifiante.

Lucie ouvre les yeux.

Une climatisation mobile lui crache à la figure un air agressif. Autour d'elle, les murs de la chambre tanguent, se brouillent puis se stabilisent. Lucie se redresse, elle n'a cessé de se retourner dans son sommeil et se retrouve en travers du lit comme une poupée échevelée.

Elle a déjà fait ce rêve auparavant...

Quand elle a accouché de Mila !

Dans ce rêve, elle était Mila, et ce corps animal, ce mammifère – baleine, ou félin– c'était elle. De ses entrailles, Mila cherchait à s'extirper comme une prisonnière entravée. L'accouchement avait duré si longtemps que Mila avait du supporter ce que Lucie venait de vivre en rêve : se muer lentement, très lentement dans cette obscurité étouffante et puis la délivrance au bout du tunnel, enfin.

Lucie émerge d'un brouillard épais, entrouvre les yeux, les referme et les ouvre de nouveau. Puis replonge dans ses souvenirs.

Ceux qui font mal.

Car il n'y en a pas d'autres.

La durée de travail pour l'accouchement de Mila avait été bien plus longue que pour Tom.

Lucie semblait avoir oublié la façon de faire.

Une péridurale trop dosée l'empêchait de ressentir les contractions et elle avait l'impression d'être détachée de son propre corps, un corps en pleine action qu'elle ne parvenait pas à contrôler. Incompréhensible pour les sages-femmes qui l'entouraient, presque hargneuses dans leurs gestes et leurs mots, n'hésitant pas à lui faire comprendre qu'elle n'était pas à la hauteur. Pour la blesser ou pour la stimuler, qu'elle se remue pour que son enfant ne reste pas coincé dans son utérus ! Qu'importe.

- Arrêtez donc de faire n'importe quoi ! Êtes-vous capable d'un véritable effort, oui ou non ?

Lucie n'avait même pas été capable de leur répondre, elle tentait de pousser, de toutes ses forces mais ne ressentait rien, aucune douleur, aucun effort. Elle avait l'impression de faire semblant.

Faire semblant d'accoucher de son propre enfant, avec force simagrées, mimiques concentrées et appliquées, grimaces douloureuses.

Une pantomime d'accouchement.

L'attente honteuse que tout soit accompli, que l'on ait fait ce qu'il fallait à sa place, comme si elle était une poupée au regard vide mais au corps empli d'une vie que l'on extirpe lentement.

Au terme de cet accouchement humiliant, Mila était venue au monde emportant dans son regard bleu océan les mauvais souvenirs liés à leur première rencontre.

Le deuxième plus beau jour de la vie de Lucie.

Si Lucie ne parvient pas à rassembler ses forces pour soulever ses paupières, elle sombrera de nouveau dans ce cauchemar infernal. Elle voudrait tant s'extirper de ce rêve, elle espère faire demi-tour, courir dans l'autre sens et tout oublier mais elle est de nouveau près de la voiture entourée par les flammes. Elle tente de s'enfuir à plusieurs reprises mais une force invisible la maintient près de cet enfer, l'oblige à regarder, et Lucie sait qu'en plus de l'habitacle du véhicule, *quelque chose* brûle aussi à l'intérieur. Elle ressent une douleur si atroce, qu'elle *sait que ce qui brûle à l'intérieur* est une partie d'elle-même. Jamais auparavant elle n'avait fait de rêve plus horrible que celui-ci et pourtant il revient sans cesse, dés qu'elle ferme les yeux lui semble t-il.

Soudain, les flammes et la voiture s'estompent et la lumière se fait plus vive : elle réintègre sa chambre, comme si le rêve ne voulait soudainement plus d'elle, la rejetait après s'être lassé de la faire souffrir. Est-elle en train de se réveiller ? Ses paupières lui semblent encore si lourdes... Il y a de la clarté dans la pièce, une luminosité qui l'oppresse, il fait très chaud comme si les flammes de son rêve étaient parvenues à chauffer la chambre. Elle a du mal à respirer, la chaleur la prive d'air comme si elle était un cobaye dans une cage et que quelqu'un là-haut avait oublié de soulever le couvercle pour l'approvisionner en oxygène.

Une ombre obscurcit brusquement son champ de vision. Lucie croit entrouvrir les yeux pour de bon mais sa vue demeure floue, elle distingue mal les contours et le monde qui l'entoure semble monochrome. Tandis qu'une silhouette se penche sur elle, elle sursaute et pousse un cri de surprise en se recroquevillant sur son lit. Elle n'a pas le temps de réagir et sent la pointe d' une aiguille s'enfoncer dans son bras.

Tout tourne autour d'elle. Elle respire à peine.

Un homme lui parle d'une voix caverneuse, elle distingue vaguement quelques mots. Est-il réel ou non ? La piqûre la brûle pourtant ardemment.

Il lui semble reconnaître le livreur aux bouteilles. Il a la même stature, la même couleur de cheveux et est vêtu à l'identique. Pourquoi cette seringue ? Que lui a-t-il injecté ? Elle tente de se souvenir des mots qu'il a prononcé, sans être sûre de les avoir compris...

Peut-être a-t-il dit « *vous allez dormir un peu maintenant* » ou « *donnez-en aussi aux enfants* », ou bien « *il aurait fallu s'en souvenir avant* »... Comment savoir ? Tout se mélange encore une fois dans sa tête.

Lucie se réveille nauséeuse : sur la table de nuit traîne un verre d'eau qu'elle avale lentement, réprimant un haut-le-cœur. La tête lui tourne et elle met un temps d'adaptation avant de reconnaître les lieux. Ceux-ci lui semblent familiers, sans l'être vraiment. Là aussi quelque chose cloche. Elle se réveille dans cette chambre depuis quelques temps déjà... mais avant ? Sa chambre ne ressemblait pas à cela, il y avait des voilages crème à la fenêtre et des touches de décoration couleur parme sur les murs... Le vertige est tel qu'elle vacille et ferme les yeux.

Elle n'a jamais été souffrante depuis la période où elle était enceinte de Mila. A cette époque, elle avait crû tomber malade pour de bon : le peu qu'elle parvenait à avaler était régurgité dans l'heure suivante. Elle avait craint d'être anémiée et de ne pas pouvoir nourrir suffisamment le bébé qui grandissait en elle. Mais les médecins l'avaient rassurée et tout était rentré dans l'ordre au bout du troisième mois de grossesse : les symptômes avaient disparu, laissant Mila profiter pleinement et même si Lucie avait connu comme toute future maman des hauts et des bas moralement et physiquement, elle attendait, réjouie et impatiente, l'arrivée de ce bébé...

Assise sur le rebord du lit, Lucie attend que le vertige passe. S'imagine enceinte pour avoir ainsi la nausée mais sait bien que c'est impossible. Le mobilier tangue autour d'elle, elle se sent si vaseuse qu'elle se recouche et attire le drap contre son épaule. Sur celui-ci, elle aperçoit quelques lettres encore floues, mais qui se précisent peu à peu alors qu'elle fixe l'annotation en tentant de faire le point. Une inscription en italique apparaît, qu'elle n'a jamais vu : *C.Châtelet. S*erait-ce la marque de la literie ? Elle ne se souvient pas avoir remplacé les draps de son lit par cette nouvelle parure, qu'elle ne se souvient pas non plus avoir acheté. Qui a bien pu changer les draps de son propre lit ? Son mari ? Sa belle-mère, qu'elle ne voit que très rarement ? Ses yeux retombent plusieurs fois sur l'inscription mais rien n'y fait, elle ne peut l'expliquer.

Il y avait un homme pourtant dans sa chambre, quelques minutes plus tôt... ou quelques heures ? Elle ne l'a pas rêvé celui-là, elle ressent encore au creux de son bras la douleur de l'aiguille.Tout cela la terrifie: qui était cet homme, où est-il passé ? Et que lui a t-il fait ?

Lucie avait aimé peindre autrefois.

Dans sa chambre d'adolescente, elle s'était constitué une collection de toiles disparates, des paysages ou des portraits surréalistes, qu'elle travaillait le soir et les week-ends jusqu'à en être entièrement satisfaite. Enfant déjà, elle avait aimé l'odeur toute scolaire des gouaches et l'onctuosité des textures, elle pensait alors que rien n'était plus gai qu'une palette de couleurs vives. N'avait-elle pas imaginé en faire son métier ? Travailler seule dans un atelier à la campagne et exposer ponctuellement dans une galerie parisienne... Ce rêve était à peine un murmure, une promesse ténue, qu'il s'était déjà envolé avant même de se concrétiser à l'aube de sa vie d'adulte, lorsque les toiles empoussiérées avaient été jetées, emportant avec elles ses rêves de solitude.

Lucie aurait-elle pu être autre chose ? Être autre chose qu'une mère ?

Et qu'aurait-elle pu peindre à cette époque qui lui corresponde vraiment, qui soit le reflet de sa personnalité, elle qui ne connaissait encore rien à la vie ?

Ainsi, lorsqu'elle voit ce chevalet installé dans un coin de la chambre et toutes ces gouaches qui l'attendent, alignées comme des récompenses, elle se demande si elle est en train de remonter le temps, de repartir en arrière en effaçant toutes ces années où elle a été à la fois, mère, épouse et chargée de clientèle en assurance...

Elle se demande s'il s'agit d'un mirage, ou d'un miracle, et s'approche lentement... Le matériel est bien réel : elle le touche, le palpe, suit le cadre de bois et caresse la toile immaculée. Ses yeux immenses observent les pinceaux de diverses tailles, elle est tentée d'en saisir un sans savoir lequel choisir. Les couleurs sont variées, il n'y en a pas tant mais avec deux couleurs on peut en faire une troisième, et ainsi de suite…

Une porte s'ouvre, celle de son imagination jusqu'alors bridée comme un oiseau que l'on a trop longtemps privé de liberté. Elle saisit le tube de rose, en verse une dose dans la palette et ajoute un peu de blanc. Les couleurs se mélangent comme dans un rêve, qu'elle parsème de quelques touches de gris… Ses yeux délavés se prêtent au jeu et s'aiguisent, donnant rythme aux coups de pinceaux… De la bouche de Lucie sortent quelques sons monocordes, elle fredonne les lèvres quasiment fermées, lentement, juste pour elle… C'est une berceuse qui l'apaise. Dans le silence de la chambre, défilent alors les heures, lourdes et coupables. Pesantes comme une enclume sur les ailes d'un jeune passereau.

Ces heures passées dans le bruissement des pinceaux, à nourrir son plaisir, ces heures volées à frémir devant cette toile miroir… N'avait-elle pas autre chose à faire ? S'occuper de sa maison, de son bébé qui s'agite et commence à pleurer quelque part là-haut ?

Avec nostalgie, Lucie remonte le fil de ses souvenirs.

Depuis la venue de Mila, son existence déborde de vêtements fleuris et roses, de bodys aux couleurs sucrées, de tissus doux et moelleux... Sa vie déborde de moments précieux, de toute une joaillerie inestimable sertie de rires d'enfants... tout comme déborde de ses sous-vêtements maternels son corps définitivement marbré de cellulite.

Son ventre avait gardé la forme de Mila et était encore empli du cocon dans lequel sa fille se nichait, vide désormais. A la maternité, lovée sur son ventre, Mila avait gardé la même position à l'extérieur qu'à l'intérieur, mais elle avait quitté l'abri protecteur pour devenir aussi vulnérable qu'une fleur délicate qu'un souffle de vent pouvait briser. En caressant son ventre plat, incapable d'en accepter l'absence, Lucie cherche un moyen de remonter le temps afin de remettre Mila à l'intérieur de son corps.

Naître n'est pas le point de départ de la vie, pense t-elle, il s'agit d'une étape. Avant cela, existaient déjà tant de moments qu'elles n'avaient partagés qu'à deux. Lucie décide de changer la donne : Mila n'est pas née le jour de sa naissance, mais neuf mois plus tôt ; il n'y a pas de raison ! Mila était bien là avec elle durant tout ce temps. Ce qui signifie que Mila a donc vingt sept mois et non dix-huit.

Lucie sourit, elle ne manquera pas d'annoncer cette bonne nouvelle à Cyril et à Tom.

Les voilà justement. Elle croit les entendre chuchoter... Ils arrivent tout doucement, sans bruit. Peut-être pensent-ils qu'elle s'est assoupie ? Elle n'a pas le temps de le voir arriver que Tom s'est déjà jeté sur son lit, l'entourant de ses petits bras potelés. Elle lui caresse les cheveux et le serre très fort. Cyril entre plus timidement, on dirait qu'il s'éclipse pour que son fils profite tranquillement des retrouvailles avec sa maman. Lucie trouve à son mari un air triste et fatigué. Il n'est pourtant pas souvent abattu, bien au contraire.

Cyril.

Pourquoi l'avait-elle épousé ? Il avait l'air d'un homme sur qui l'on peut compter, sérieux et droit et c'est ce dont elle avait eu besoin. C'est ce qu'il avait toujours été d'ailleurs... jusqu'à ce que ses responsabilités au travail prennent de plus en plus de place, jusqu'à ce qu'il la laisse gérer seule la majeure partie de leur vie familiale : enfants, corvées ménagères, courses... En plus de son propre travail qu'elle aurait voulu voir prospérer, elle aurait tout autant que lui aimé prendre plus de responsabilités, viser la direction de l'agence pour s'épanouir dans ce boulot qu'elle appréciait tant.

Mais aujourd'hui, Cyril avait l'air d'un homme qui a fait les mauvais choix : un travail aux trop nombreuses responsabilités, alors qu'à la maison un enfant avait besoin de toute son attention ainsi qu'un bébé... Une maison qui demande tant d'investissement pour être à la hauteur de la résidence pavillonnaire dans laquelle ils avaient souhaité s'établir... Un lieu de vie trop éloigné des grandes villes, où l'on ne peut trouver les spécialistes nécessaires au bien-être de son fils...

Une succession de mauvais choix... mais qui n'est en rien comparable à la plus grande erreur que Cyril ait pu commettre dans sa vie. Lucie le sait maintenant, elle le devine à son regard : il s'est tout bonnement trompé de femme.

Comme leur destin devait désormais lui paraître cruel !

Il n'avait pas su lire entre les lignes, n'avait pas deviné que celle qu'il avait choisie pour épouse, à qui il était pieds et mains liés depuis quelques années maintenant, bien trop d'années en réalité, était un oiseau de mauvais augure, une sorcière capable d'ôter la vie, de reprendre cruellement ce qu'elle avait offert.

Lucie a fait quelque chose de mal, elle en est certaine maintenant même si elle ne parvient pas à se souvenir précisément de ce qu'elle a commis.

C'est en rapport avec ses enfants, elle le sent. Elle se demande soudain si cette vérité est gravée sur sa peau, à l'encre invisible peut-être ? Ou peut-être est-ce inscrit à l'intérieur de son corps : sous sa peau ! Ce devait bien être inscrit quelque part ! Gravé là sur les traits de son visage, un signe reconnaissable par des yeux avertis, ceux qui savent reconnaître les criminels ! Et si quelqu'un avait pu lire l'avenir sur son visage, lui aurait-on dit « surtout n'ayez pas d'enfant ! Ne devenez pas mère !»? Aurait-elle écouté ce conseil extravagant ou n'en aurait-elle fait qu'à sa tête, scellant le ciment de ce destin maudit ?

Plongée dans ses réflexions, Lucie entend à peine la petite voix qui insiste auprès d'elle.

- Dis, maman, quand est-ce que tu rentres à la maison ?

Le regard de Lucie se perd dans la contemplation du vase posé sur la commode. Un bouquet touffu de tulipes aux teintes variées qui, aussi beau soit-il, ne devrait pas être là. Chacune de ces fleurs vit et respire et Lucie ne peut le supporter : elles sont là à l'observer et chaque pétale colorée la gifle en silence.

Les jaunes lui rappellent les zinnias de la place Saint-Médard : orgueilleuses, elles défient les rayons du soleil. Gonflent leur poitrine et le provoquent.

L'attisent tel un serpent. L'invoquent comme un démon.

Derrière les mauves se cachent les mailles du tricot de Madame Fontenoy, celui qu'elle portait ce matin là pour venir à l'agence, tellement superflu par cette chaleur... Les mailles enchevêtrées forment maintenant des pétales qui narguent Lucie : *tu aurais dû saisir le message, cette femme te mettait en garde mais tu n'as pas compris...* Le pourpre des tulipes fond doucement sur les tiges.

Les rouges sont imprégnées de son sang : celui qui a cessé de couler dans ses veines depuis que la douleur, la honte, la colère et la haine l'ont dévorée de l'intérieur.

Imbibées de poison, les noires seront son absolution. Lucie les respire car une substance toxique qui lui est destinée se cache dans leur cœur. Pour quelle raison lui offrir un bouquet après ce qu'elle a fait, si ce n'est pour la condamner, enfin ? Elle se gorge de leur odeur et espère bientôt se tordre de douleur...

Mais rien ne se passe.

Alors Lucie les effeuille, une par une, et porte à sa bouche chaque pétale : elle les mâche consciencieusement. Lentement, le regard perdu au loin.

L'infirmière qui entre dans la chambre porte un plateau sur lequel sont disposés quelques gélules, un verre et un pichet d'eau. Elle le pose sur la table à roulette près du lit et s'approche de Lucie. Elle éloigne doucement le vase de fleurs effeuillées et lui ôte patiemment des mains les pétales qu'elle tient encore serrées entre les doigts. Lucie se laisse faire, ses cheveux châtains pendent autour de son visage blafard, ses lèvres ont pris la couleur sombre des tulipes noires. Avec les cernes qui lui assombrissent les yeux, Lucie semble apprêtée pour une fête macabre.

- Vous avez peint quelque chose, Lucie ? observe l'infirmière en apercevant le chevalet tourné vers le mur.

- Je peux jeter un œil ?

L'infirmière n'obtient pas de réponse, mais contourne avec curiosité le trépied. Sur le coin gauche de la toile, elle découvre une tâche de peinture difforme. Une chose au premier regard indéfinie, dont la teinte mauve, rosâtre, évoque une chair violacée, striée de fines lignes de couleur verte. L'infirmière se penche et étudie de plus près cet étrange dessin : elle croit y voir un animal allongé dans l'herbe, un veau peut-être ?

Lucie s'apprête à dîner. Elle est attablée devant un plateau-repas qu'elle observe d'un œil circonspect : un bol de céleri râpé à peine assaisonné en guise de hors-d'œuvre et une cuisse de poulet accompagnée de pomme de terre et petits pois-carottes qu'elle ne se souvient pas avoir préparés. Rien ne lui fait envie mais elle porte la fourchette à sa bouche et ingère mécaniquement le céleri après l'avoir lentement mastiqué. Fade et défraîchi, elle lui trouve une consistance de papier mâché.

Un abricot est posé sur le plateau. Rond et ferme, il a un aspect appétissant mais maternel. *L'abricot porte mal son genre*, pense Lucie en avalant le céleri, *il devrait être féminin*.

Elle entreprend ensuite de décortiquer le morceau de poulet à l'aide d'un couteau à bout arrondi. La chair manque de cuisson, n'est pas dorée comme elle a l'habitude de la cuisiner, et se déchire avec difficulté.

Surprise par un haut-le-cœur, elle repousse brusquement l'assiette. La chair flasque et huileuse attire à la surface ce qu'elle tente d'enfouir au plus profond d'elle-même. Elle l'envisage avec dégoût non comme de la chair animale mais comme une peau humaine. Sa propre chair et celle de son enfant.

Quelques lourdes minutes se prolongent avant que Lucie ne se décide à tendre la main vers l'abricot. Elle n'avait jamais réalisé à quel point ce fruit pouvait lui ressembler : après tout, il n'était qu'une enveloppe charnelle portant la vie en lui. Cette enveloppe allait bientôt disparaître, laissant le noyau qui à son tour donnerait un jour la vie, pour disparaître également et ainsi de suite. Lucie croque dans la chair tendre et sucrée, songe un instant qu'elle est en train de se détruire, de se réduire à néant. Elle libère le noyau qu'elle pose délicatement sur le plateau.

A t-elle les idées plus claires après ce geste ? Quelques bribes de lucidité effleurent ses pensées. Avec fracas.

Qu'avait-elle fait ? Elle qui ne faisait qu'un avec son enfant, qui vivait en symbiose avec ce bébé parfait, allant jusqu'à ressentir des douleurs fantômes lorsque Mila souffrait de douleurs gingivales ou de coliques, comme si elles partageaient encore cette même enveloppe charnelle. Ces petits maux impalpables qui allaient et venaient dans son corps au moment où Mila perçait une dent, ces maux de ventre inexpliqués ressentis alors même que Mila souffrait de douleurs intestinales... Elle qui croyait hier encore qu'un indéfectible lien physique l'unissait à ses enfants, persuadée que l'amour qu'elle leur portait, inconditionnel et immuable, était plus fort que tout... Persuadée que *s'il leur arrivait quelque chose, elle le saurait...*

Aujourd'hui Lucie sait que l'*instinct maternel* est une aberration.

Ce matin là, la rue est endormie, bercée par cette chaleur insoutenable. Une chaleur féconde dit-on ?

Le tulipier de Virginie observe et voit ce que d'autres ne voient pas.

Vers 10h30, après le rendez-vous avec Madame Fontenoy et la visite agressive de l'homme à la voiture accidentée, Roberto lui a transmis un coup de fil privé sur le poste fixe de l'agence. La voix de son mari, inquiet et énervé, résonne dans le téléphone.

- Lucie, c'est moi. Tu ne réponds pas sur ton portable ?

Bref silence. Cyril reprend :

- La crèche t'a appelé, tu ne leur as pas répondu ?! Lucie! Ils s'étonnent que personne ne leur ait amené Mila... Ils m'appellent pour me demander si elle est malade ?

Lucie jette un œil sur son portable qui est resté en mode silencieux depuis cette nuit. Il y a eu trois appels.

- Quoi ? Je...

- OÙ EST MILA, LUCIE !? tonne la voix de Cyril.

- Mila…

Un croassement s'échappe de sa gorge. Debout face à son bureau, Lucie tangue tandis que le sol s'ouvre sous ses pieds. Sur l'écran de son ordinateur apparaît dans le coin droit une notification qu'elle aperçoit à travers le brouillard qui envahit son esprit. Cette notification mentionne les informations locales : un poids-lourd transportant des veaux vivants s'est renversé sur l'autoroute, les secours n'ont pas eu le temps de désincarcérer les animaux, la majeure partie d'entre eux sont morts de soif…

Lucie ne voit plus le monde qui l'entoure : la pièce dans laquelle elle se trouve se rétrécit, la voix dans le téléphone s'estompe, tandis qu'éclate en elle une douleur fulgurante qui remonte de son bas-ventre vers son cœur. Ses mains deviennent moites, son corps tremble et se révulse.

Mila. Comme une partie de son corps, un membre qui se disloque, un bras, une jambe peut-être, sèchement amputée.

Lucie lâche le combiné, sort en trombe de son bureau, traverse le hall de l'agence sous le regard atterré des clients présents dans la salle d'attente et de ses collègues, surpris par son comportement inapproprié.

Elle émerge dans la rue et se précipite vers le parking, derrière l'agence. Elle revoit le trajet accompli le matin même : ils étaient en retard à cause du petit déjeuner qui s'est mal passé... Contrairement à son habitude, elle a d'abord conduit Tom à l'école pour qu'il arrive avant la fermeture des grilles. Puis elle a rebroussé chemin pour conduire Mila à la crèche...

Elle aurait dû rebrousser chemin...

Mais elle ne l'a pas fait. Perdue dans le flot de ses pensées éclectiques et versatiles : les rendez-vous médicaux, les repas à prévoir... le tourbillon de la vie.

Sa voiture coincée entre les poubelles et le local électrique brille au soleil.

Lucie qui ne ressent plus la brûlure des rayons, ni la pression infligée par la chaleur accablante, se précipite vers la portière arrière.

A travers la vitre quelque chose bouge... Un infime mouvement impulsé par une ombre blanche. Le blanc cotonneux d'un nuage : un seul nuage dans le ciel, qui se reflète dans la vitre, comme un mirage. De miracle il n'y a guère. Lucie ouvre la portière et le corps inanimé de Mila bascule vers elle.

Centre hospitalier Châtelet.

Le docteur Landrieu, médecin en chef du service de psychiatrie, avait accueilli quelques jours plus tôt cette mère de famille de trente-cinq ans dont ont tant parlé les médias, hospitalisée en état de choc après le décès de son bébé, oublié en plein soleil dans la voiture. Le cas de cette jeune femme avait défrayé la chronique dans son service, et en tant que spécialiste des psycho-traumatismes, il ne se faisait pas d'illusion sur l'état de santé mental de sa patiente.

Pour l'heure, il avait la lourde tâche d'informer Cyril Vernois de l'état de santé de son épouse. Si certains de ses collègues avaient la réputation d'être froids et distants, avares d'explications envers les familles des malades, Arnaud Landrieu mettait au contraire un point d'honneur à prendre en considération les proches de ses patients. Il était capable d'empathie et de bienveillance envers les personnes avec qui il s'entretenait et mettait tout en œuvre pour les informer clairement de l'état de santé des malades.

Le cas de Lucie Vernois était atypique et il était clair que son époux, brisé par le décès de son enfant, demeurait dans l'incompréhension totale des circonstances du drame. Il adopta un ton qui se voulait à la fois apaisant, ferme et prévenant et annonça au mari dévasté que son épouse était entrée dans une phase de sévère dépression, avant de revenir en détail sur plusieurs symptômes significatifs.

- Votre épouse présente de nombreux signes de stress post-traumatiques, tels que délires et hallucinations. Elle se réfugie la plupart du temps dans un état de déni, elle oublie ce qu'il s'est passé et semble régresser à un stade antérieur où votre fille, Mila, était encore près d'elle. Elle s'est totalement désinvestie de la réalité.

Le médecin arbora une mine compatissante devant le visage désemparé de Cyril Vernois, et reprit :

- Ce n'est pas surprenant après ce qu'elle a vécu, elle utilise ce mécanisme de défense pour contenir la douleur et s'imagine préserver un équilibre psychologique alors qu'en réalité elle a perdu pied. Il est très difficile pour le moment de communiquer avec elle. Elle reste le plus souvent apathique et réagit peu aux divers stimuli que nous tentons d'exercer sur elle. Elle semble la proie de souvenirs intrusifs qui la ramènent aux moments où Mila était en vie, ce qui provoque des crises de pleurs intempestifs. Comme pour la plupart des mères, la relation avec son enfant, qui plus est en bas-âge était fusionnelle. Le choc initial, doublé du sentiment de culpabilité, peut donc occasionner de graves troubles mentaux. Cela semble être le cas de votre épouse. Elle suit un traitement médicamenteux adapté, et nous lancerons une psychothérapie dès qu'elle sera un peu plus réceptive au monde qui l'entoure.

- Quand va t-elle émerger de cet état ? l'interrogea son interlocuteur après s'être éclairci la voix, comme s'il revenait lui aussi d'un état second.

- Elle semble avoir parfois des éclairs de lucidité au cours desquels elle prend conscience de ce qu'elle a fait, mais le comportement qu'elle adopte alors suggère qu'elle pourrait se mettre en danger. C'est la raison pour laquelle elle est encore actuellement sous surveillance. Il va lui falloir beaucoup de temps.

Cyril Vernois toussota, comme gêné d'être là, à entendre ce que le médecin lui confiait sur son épouse. Le docteur Landrieu comprenait parfaitement cette réserve : personne ne s'attend à se trouver un jour dans une telle situation.

- Comment expliquez vous ce qu'il s'est passé ?

Le médecin réfléchit quelques instants avant de répondre.

- C'est à l'enquête mandatée par le parquet de déterminer s'il y a eu négligence ou non. Personnellement, je ne remets nullement en question la bonne foi de votre épouse, ni son amour et son attitude responsable envers votre fille. Au vu des circonstances et de ses premières explications, il s'agit d'une défaillance mnésique. Votre épouse a parlé « d'absence », de surmenage et d'une matinée qui avait mal commencé, brisant un rituel quotidien parfaitement établi... L'accumulation de soucis, de stress et de fatigue peut au cœur de la routine journalière provoquer des troubles de la mémoire, surtout si cette routine est perturbée par un événement inhabituel. Votre épouse a évoqué un retard dans ses habitudes quotidiennes, une inversion dans l'ordre du trajet matinal pour conduire les enfants à la crèche et à l'école...

Arnaud Landrieu chercha un instant ses mots, puis se lança dans une explication concise associée à une gestuelle destinée à appuyer ses propos.

- Présenté ainsi, il vous semble impossible d'imaginer qu'un trou de mémoire puisse avoir de telles conséquences. C'est un cas extrême qui arrive parfois lorsqu'il y a un conflit entre deux types de mémoire. La mémoire dite « prospective », ou encore « mémoire d'intention », entre en jeu lorsque nous devons payer une facture, aller à un rendez-vous, ou enlever un plat du four. Elle entre en compétition avec « la mémoire d'habitude », celle-ci fait référence à des tâches qui impliquent des actions de manière répétitives, comme se rendre quotidiennement d'un point à un autre. Or la mémoire dite d'habitude prévaut sur la mémoire prospective, ce qui est aggravé par des facteurs de fatigue, de stress... C'est ainsi que, pris dans la routine quotidienne, on peut oublier d'aller à un rendez-vous, ou omettre d'arrêter une cocotte-minute.

Le regard de Cyril Vernois lui sembla lointain, mais celui-ci reprit toutefois d'une voix désabusée:

- Autrement dit, Lucie a oublié de conduire Mila à la crèche tout comme elle aurait pu oublier d'aller rechercher des vêtements au pressing ?

Le médecin acquiesça.

- C'est arrivé à d'autres personnes, Monsieur Vernois, et cela arrivera vraisemblablement encore. Personne n'est à l'abri.

Arnaud Landrieu s'attendait à quelques questions mais rien ne vint. Un silence lourd de sens s'installa entre les deux hommes. Cyril Vernois était anéanti.

Le médecin savait qu'un couple résistait difficilement au deuil d'un enfant, qui plus est face à des circonstances aussi dramatiques; le divorce émotionnel semblait inévitable. Il ne put cependant s'empêcher de se faire l'avocat du diable.

- Dans ces circonstances il est difficile pour un couple de rester soudé, toutefois ce que vit votre épouse est un véritable supplice, je pense qu'elle aurait besoin que vous restiez à ses côtés, l'encouragea t-il. Elle aura également besoin de l'amour de votre fils aîné.

Dans une chambre d'un étage voisin, Lucie se réveille doucement. Prés d'elle, Mila est endormie. En dépit de la fatigue qui l'anéantit, Lucie sait que lorsque sa fille se réveillera, elle devra se lever pour s'en occuper. Encore un peu.

Avant de laisser filer les particules élémentaires, ces petits souvenirs fugaces qui sont parties intégrantes de chaque existence, qui nous rappellent qui l'on est, d'où l'on vient et où l'on va. Ces flashs bleutés, ces petites choses précieuses qui maintiennent Lucie en vie.

Cette malle au trésor, ce jardin secret, une part de son âme qui s'évapore lentement et ne reviendra plus, dispersée dans un puits devenu aride où chaque pierre jetée résonnera bientôt dans le vide.

La vie de Lucie va se déliter, se liquéfier, chaque fil tissé va se découdre jusqu'à rendre son existence lisse, comme un trou béant, comme une coquille vide.

Mila comme une partie de soi, un morceau de son corps, une part de son ventre peut-être encore, rondeur de la chair, là où ça brûle parfois. Ou bien un membre : un bras, une jambe que l'on ampute sèchement. Et même absent ce membre donne l'impression d'être encore là : il picote, gratte, a des crampes parfois, il bouge, vit, se tord encore...

Mais Lucie sans Mila n'est plus.

On lui a demandé si elle pouvait expliquer ce qu'il s'était passé, ce matin là ?

Elle n'en était pas capable.

Comment aurait-elle pu expliquer ce qu'il s'était passé ? Au terme d'*expliquer* se superpose dans son esprit accablé celui de *justifier !* Car elle est coupable d'avoir laissé mourir sa fille, son bébé, comme si l'acte était volontaire et impliquait une bonne raison de le commettre !

Lucie se trouve confrontée à un trou noir, une absence quand elle tente de convoquer les souvenirs qu'elle garde de ce matin là. Au cœur de cette béance, elle se souvient pourtant parfaitement du déroulement de la matinée, mais il lui est impossible de comprendre *pourquoi elle a oublié* de conduire Mila à la crèche.

A quoi avait-elle songé durant le trajet qui la menait à l'agence ?

Peut-être à toutes ces choses auxquelles elle pense habituellement... Une injonction induite par son rôle de mère, d'épouse et d'employé modèle, voulait qu'elle se trouve ici et ailleurs, dans sa voiture, à mi-chemin entre l'école de son fils, la crèche de Mila et l'agence où elle devait se rendre pour travailler, en même temps qu'elle élaborait des listes de choses à faire : les rendez-vous médicaux qu'il faudrait prévoir pour Tom, celui de Mila chez le pédiatre pour son suivi des dix-huit mois, les factures qu'il fallait payer pour la crèche et la garderie périscolaire du troisième trimestre qui arrivaient à échéance, la liste des repas à prévoir et en fonction celle des courses qu'il faudrait faire sur le week-end...

Ou peut-être ne pensait-elle à rien de précis, épuisée, tant elle avait passé la nuit à ressasser les problèmes en cours...

Elle se souvenait de l'incident au petit-déjeuner.

Il ne fallait assurément pas remonter au-delà de ce moment précis : il lui semble que tout s'était écrit à l'instant où les éclats de verre s'étaient éparpillés sur le sol de la cuisine, irrécupérables, comme autant de souvenirs brisés et définitivement gâchés.

Cette matinée à l'agence, une de plus, une de trop, s'était écoulée de façon si insipide, alors que Lucie aurait dû comprendre et réagir avant qu'il ne soit trop tard ! On lui a pourtant dit que quelques minutes sous cette chaleur suffocante avait suffi pour que Mila...

Si elle y avait accordé suffisamment d'attention, chaque détail aurait pu la mettre en garde : le soulèvement quasi imperceptible d'une paupière aurait dû l'avertir, la lumière extérieure qui telle une aura surplombait chaque client entrant dans l'agence était une invite à sortir au dehors... Sa rencontre avec cette Madame Fontenoy était prophétique : ne l'avait-elle pas mise en garde à sa manière ? Porter un gilet par un temps pareil aurait dû l'avertir... Peut-être Lucie aurait-elle dû suggérer à sa cliente de l'ôter, et quelque chose à ce moment précis aurait effleuré sa conscience, un déclic qui aurait pu changer sa vie? A cet instant, il n'était peut-être pas trop tard...

Et puis le bleu de la broche de la vieille dame, un bleu qu'elle connaît si bien ! Celui si incroyable du regard de Mila, comment avait-elle pu l'ignorer ? Si elle avait pu comprendre à travers le discours de sa cliente que Dieu était justement sur le point de lui envoyer une épreuve à laquelle elle devrait faire face de toutes ses forces, de toute son âme... Mais Lucie était restée sourde, insensible, aux mots de Madame Fontenoy, qui comme une vérité hors-de-portée effleurée du bout des lèvres, semblaient s'être évaporés à la manière de gouttes d'eau séchées par le soleil.

Lucie était restée aveugle à ces avertissements.

Et ce téléphone dont la sonnerie était coupée depuis la veille au soir, ces trois appels manqués de la crèche qui avait probablement tenté de joindre également le standard de l'agence, en vain. Et ce collègue, à qui elle ne pourrait bien sûr pas jeter la pierre mais qui avait été débordé ce matin là, et avait assurément laissé passer quelques appels extérieurs demeurés sans réponse.

Et ce client malhonnête, incapable de reconnaître ses torts ! Lucie comprend maintenant qu'elle aurait dû lui crier, lui hurler qu'assurer ses biens, sa famille et ses enfants, ne sert à rien. Cet homme aurait dû sortir un couteau et le lui enfoncer dans le ventre ou dans le cœur. Il aurait dû faire cela ! Lui faire du mal ou au mieux la tuer pour en finir, avant qu'elle comprenne ce qu'elle avait fait !

Et ce Dieu dont parlait Madame Fontenoy, regardait-il ailleurs, lui aussi, à ce moment-là ? Était-il possible qu'il se soit fait ravir la place par une Lucie toute puissante, capable de vie et de mort sur ses propres enfants, et qui n'avait absolument pas souhaité qu'une telle chose puisse arriver ? Décidément, non, Lucie ne pouvait pas croire qu'un tel Dieu lui ait envoyé une telle épreuve !

Peu de temps avant qu'elle ne sombre dans le sommeil, une infirmière lui administre une perfusion. *Un calmant*, lui annonce t-elle, *pour qu'elle s'endorme*. Lucie ne trouve pas les mots ou la force de proférer une suite de sons cohérents, mais elle aurait voulu supplier pour qu'on lui injecte une solution létale.

Elle aurait préféré mourir mais elle est condamnée à vivre.

Amis lecteurs,

Si ce livre vous a plu, n'hésitez pas à en parler autour de vous, à le recommander ou à le conseiller... Le drame vécu par Lucie et Mila survient chaque année en France et pourrait être évité.

Pour me suivre sur les réseaux sociaux :
https://www.facebook.com/carpentierlison.auteure
https://www.instagram.com/lison.carpentier/